Klarant Verlag

Die gebürtige Ostfriesin ***Sina Jorritsma*** aus der Krummhörn studierte in Hamburg Germanistik und Philosophie, bevor sie wieder in ihre Heimat zurückkehrte. Sie veröffentlicht unter Pseudonym, weil sie ihre Umgebung genau beobachtet und Ereignisse aus ihrem Leben in ihre Geschichten einfließen. Das Romaneschreiben ist ihr kleines Geheimnis, das nur wenige Menschen kennen. Bei einer großen Kanne Ostfriesentee mit Sahne und Kluntjes kann sie halbe Nächte durchschreiben, tagsüber hält sie sich mit Joggen fit. Sina Jorritsma lebt mit ihrer Familie in einem kleinen Ort bei Emden.

Sina Jorritsma

Juister Taucher

Ostfrieslandkrimi

Klarant Verlag

Klarant Verlag, www.klarant.de – www.ostfrieslandkrimi.de
ISBN: 978-3-96586-088-9
1. Auflage 2019
Umschlagabbildung: Klarant Verlag

Printed in the EU.

Kapitel 1

»Meine Yacht wurde versenkt!«

Diesen Satz gab ein junger Mann von sich, als er morgens um halb neun in die Juister Polizeiwache stürmte. Kommissarin Antje Fedder blickte auf. Sie hatte gerade überlegt, ob sie ihren Kollegen anrufen sollte. Roland Witte war nämlich spät dran, denn der Dienst begann um acht Uhr.

Doch nun konzentrierte sie sich auf den Besucher. Er war ihr unbekannt, aber das hatte auf einer Touristeninsel mit ständig wechselnden Urlaubern nichts zu bedeuten. Der Mann war groß und athletisch gebaut, er trug eine zerschlissene Jeans und ein Sweatshirt mit einem aufgedruckten Anker. Die tiefe Gesichtsbräune ließ darauf schließen, dass er sich oft im Freien aufhielt. Er schien also ein passionierter Wassersportler zu sein. Antje konnte seine Aufregung verstehen, denn solche Hobby-Fahrensleute waren oft mit ihrem Boot regelrecht verheiratet. Wenn es beschädigt wurde, empfanden sie es fast so schlimm wie eine Verletzung bei einem geliebten Menschen.

Als Polizistin hatte Antje gelernt, einen kühlen Kopf zu bewahren. Sie deutete auf ihren Besucherstuhl.

»Moin, ich bin Kommissarin Fedder. Nehmen Sie doch bitte Platz.«

Der Melder starrte sie an, als ob er einen Geist sehen würde.

»Haben Sie nicht gehört, was ich gesagt habe? Sie müssen etwas unternehmen!«

Seine Stimme klang schrill, er schien wirklich sehr nervös zu sein. Antje blieb freundlich:

»Ich *werde* auch tätig werden, aber zunächst benötige ich einige Fakten.«

»Ja, selbstverständlich. Entschuldigen Sie bitte, ich stehe ein wenig neben mir. Die *Gundis* ist ein Erbstück, sie gehört beinahe zur Familie.«

Die Kommissarin hatte bereits ihren Notizblock aufgeschlagen.

»Ich nehme an, Gundis ist der Name Ihrer Yacht?«

Der Mann nickte. Antje schätzte ihn auf Anfang dreißig, also ungefähr ihr eigenes Alter. Sie hakte nach: »Und Sie sind …?«

»Ich heiße Ole Kramm. Einige Freunde und ich wollten zum Tauchen hinausfahren. Die anderen schlafen noch, also bin ich schon mal allein zum Yachthafen gegangen, um das Boot vorzubereiten. Und da musste ich feststellen, dass irgendein Dreckskerl die Gundis versenkt hat!«

Während Kramm sprach, war er sehr blass geworden. Es kam Antje so vor, als ob er gleich vom Stuhl kippen würde. Sie schaute ihn besorgt an.

»Wie wäre es mit einer Tasse Tee?«

Der Melder öffnete den Mund. Sie machte sich schon auf eine schroffe Antwort gefasst. Aber Kramm schien zu begreifen, dass sie es nur gut mit ihm meinte.

»Ja, das ist sehr nett von Ihnen.«

Die Kommissarin stand auf und ging zu der kleinen Teeküche hinüber. Die Juister Polizeiwache an der Carl-Stegmann-Straße war in einem Einfamilienhaus untergebracht. Die Amtsräume befanden sich im Erdgeschoss, während Antje das erste Stockwerk als Dienstwohnung nutzen durfte.

Sie hatte immer noch den Nachgeschmack von ihrem eigenen Morgentee auf der Zunge, den sie wie immer mit Sahne und Kandis genossen hatte. Die kräftige Assam-Mischung würde ihrem Besucher hoffentlich guttun.

Wo bleibt Roland nur?, fragte sie sich innerlich. So spät war ihr Kollege noch nie zum Dienst erschienen. Ob er an diesem schönen Spätsommermorgen einfach verschlafen hatte? Jetzt war jedenfalls keine Zeit, um den Kommissar anzurufen. Kramm benötigte momentan ihre volle Aufmerksamkeit.

Antje kehrte mit Tee, Sahne und Kluntjes zu dem Besucher zurück. Er bediente sich und nahm ein paar Schlucke, bevor er die Tasse wieder abstellte.

»Und Sie sind sicher, dass Ihr Boot versenkt und nicht gestohlen wurde?«, vergewisserte sie sich. Der Tee schien Kramm wirklich gutzutun, jedenfalls hatte er schon wieder etwas Farbe bekommen.

»Ja, allerdings! Wäre die Gundis geklaut worden, dann müsste ihr Liegeplatz ja leer sein! Aber sie befindet sich noch dort, allerdings ist fast der ganze Schiffsrumpf unter Wasser. Würde das Boot nicht durch die Taue gehalten, wäre es wahrscheinlich noch tiefer abgesoffen.«

Kramm schien mit den Tränen zu kämpfen. Die Gundis musste für ihn wirklich eine große Bedeutung haben. Als Tochter eines pensionierten Seemanns wusste Antje, dass gerade bei einer älteren Yacht auch ohne Fremdeinwirkung Wasser eingedrungen sein konnte. Sie wollte sich den Schaden auf jeden Fall vor Ort ansehen.

Die Kommissarin stand auf. Sie ging in den Flur, holte ihre Gummistiefel und zog diese an, nachdem sie ihre Halbschuhe abgelegt hatte.

»Wollen Sie an Bord der Gundis gehen, Frau Fedder?«

»Ja, ich will mir die Sache aus der Nähe anschauen. Sind Sie eigentlich mit dem Fahrrad gekommen?«

Er nickte.

»Meine Freunde und ich haben ein Ferienhaus gemietet, da waren die Leihräder im Preis inbegriffen.«

»Warum wohnen Sie nicht auf der Yacht?«, wollte Antje wissen.

»Das Boot ist nur mit zwei Kojen ausgestattet, und wir sind insgesamt vier Taucher. Außerdem kann meine Schwester nicht gut schlafen, wenn das Boot schwoit.«

Antje wusste, dass die Schiffsbewegungen manchen Menschen Probleme bereiteten. Sie hatte damit zum Glück nie Schwierigkeiten gehabt. Als die Kommissarin und Kramm die Polizeiwache verlassen wollten, wurde die Tür aufgestoßen.

Ein Blick in das Gesicht ihres Kollegen beantwortete für Antje die Frage, weshalb Roland Witte so spät dran war. Der Kommissar hatte am Vorabend offensichtlich zu tief ins Glas geschaut. Seine Haut war fahl, er hatte dunkle Ringe unter den geröteten Augen. Eigentlich trank er nie über den Durst. Die Kommissarin ärgerte sich über ihn, denn sie konnte Unzuverlässigkeit nicht ausstehen. Einige Jahre lang war sie ganz allein »Dorfsheriff« auf Juist gewesen, bevor die Polizeiführung die Planstelle für Roland geschaffen hatte. Zu der Zeit hätte sie es sich einfach nicht erlauben können, ihre Pflichten zu vernachlässigen. Ja, sie war sauer auf ihren Kollegen, obwohl sie ihn eigentlich sehr gern mochte. Entsprechend schroff fiel die Begrüßung aus.

»Das ist Herr Ole Kramm«, stellte sie den Melder vor. »Sein Boot wurde beschädigt, wir fahren jetzt zum Yachthafen. Das heißt, falls du dich dazu in der Lage fühlst.«

»Warum nicht, ich bin topfit«, behauptete der Kommissar mit rauer Stimme. Das war nach Antjes Meinung eine dreiste Lüge. Wenigstens war Roland glatt rasiert und roch nach Duschgel, auch an seiner Uniform war nichts auszusetzen. Wer nicht so genau hinschaute, würde vielleicht gar nicht bemerken, dass der Inselpolizist gestern gesumpft hatte. Das war zumindest die Hoffnung der Kommissarin. So gesehen war die Fahrt zum Yachthafen jetzt das einzig Wahre. Das Licht, die Nordseeluft und die Bewegung würden Roland hoffentlich wieder einnorden.

Auf der autofreien Insel Juist waren Fahrräder und Pferde-Fuhrwerke die bevorzugten Transportmittel. Nur die Ärzte und der Krankentransport verfügten über Kraftfahrzeuge.

Die Polizisten und der Yachtbesitzer schwangen sich auf ihre Räder. Da Kramm vorausfuhr, hatten Antje und ihr Kollege Zeit für einen kurzen Wortwechsel.

»Bist du böse auf mich?«

»Wie kommst du denn darauf, Rollo?«

»Zum Beispiel, weil du mich Rollo nennst. Du weißt genau, dass ich diesen Spitznamen nicht ausstehen kann.«

»Und ich mag es nicht, wenn ich allein Dienst schieben muss, weil der feine Herr bis mittags in Sauer liegt!«

»Mittag ist aber noch lange nicht …«

»Darüber reden wir später, konzentriere dich jetzt gefälligst auf die Arbeit!«

Mit diesen Worten beendete die Kommissarin das leise geführte Streitgespräch. Sie fuhren nebeneinander, doch sie würdigte Roland keines Blickes. Vom Dienstrang her waren sie beide gleich, also konnte Antje ihrem Kollegen genau genommen keine Anweisungen erteilen. Trotzdem fühlte sie sich insgeheim als Leiterin der winzigen Inselwache. Sie war gebürtige Juisterin und hatte lange genug allein für Recht und Ordnung auf dem Eiland gesorgt. Daher war Antje der Meinung, dass sie besser als Roland wusste, wie die Dinge hier liefen. Und er hatte ja gerade bewiesen, dass es mit seinem Verantwortungsbewusstsein nicht weit her war!

Während der Kommissarin diese Gedanken durch den Kopf schwirrten, setzten die drei ihre Fahrt zum Yachthafen fort. Es ging zunächst durch die Bahnhofstraße, die ihren Namen auch nach dem Betriebsende der Juister Inselbahn nicht verloren hatte. Beim Parkplatz für die Handkarren bogen sie nach links ab. Wenn die Norddeich-Fähre angelegt hatte, war dies der turbulenteste Platz auf der Insel. Abfahrende und ankommende Feriengäste drängten sich, verstauten ihr Gepäck in die Rollcontainer oder suchten nach ihren Koffern. Pferdefuhrwerke standen bereit, um die Urlauber zu den weiter entfernten Unterkünften auf dem langgestreckten Eiland zu bringen. Momentan war alles ruhig, da das nächste Fährschiff erst mittags erwartet wurde.

Nur im nahe gelegenen Yachthafen hatte sich eine kleine Menschentraube gebildet, was Antje nicht verwunderte. Natürlich war auch den anderen Seglern und sonstigen Freizeitkapitänen nicht verborgen geblieben, dass eines der Boote versenkt war. Die Männer und Frauen standen an der Stelle des Piers, wo schon von Weitem zwischen zwei weißen Segelyachten eine größere Lücke erkennbar war.

Kramm fuhr nun schneller, als ob sich dadurch noch etwas ändern ließe. Antje und ihr Kollege folgten ihm. Die Kommissarin warf Roland einen Seitenblick zu. Der kurze Sprint schien ihm gutgetan zu haben. Obwohl man von der Polizeiwache bis zum Yachthafen mit dem Fahrrad nicht länger als sechs Minuten benötigte, hatten seine Wangen wieder mehr Farbe. Oder lag es an der frischen Nordseeluft, die selbst im Hochsommer die heißesten Temperaturen noch halbwegs erträglich machte? Antje wusste es nicht. Sie war einfach nur froh darüber, dass ihr Kollege nun nicht mehr an einen Schluckspecht erinnerte.

Kramm und die Polizisten hatten nun ihr Fahrtziel erreicht und stiegen von den Rädern. Die Schaulustigen wandten sich ihnen zu.

»Moin, gehen Sie bitte weiter. Hier gibt es nichts zu sehen«, sagte die Kommissarin freundlich. Die Leute blieben wie angewurzelt stehen. Antje hatte keine Lust, sich darüber aufzuregen. Stattdessen verschaffte sie sich Platz und trat an die äußerste Kante der Kaimauer.

Die Gundis war wirklich versenkt worden, ob nun durch Fremdeinwirkung oder durch Materialermüdung. Von der Motoryacht ragten nur noch die Brückenaufbauten aus dem Wasser. Die Kabine war vermutlich bereits vollgelaufen, das Deck war unter dem graublauen Nordseewasser nur noch zu erahnen. Immerhin hielten die Taue, mit denen das Boot am Bug und achtern am Pier befestigt worden war.

Antje setzte sich auf die Kante.

»Was hast du vor?«, fragte Roland.

»Wonach sieht es denn aus? Ich werde auf das Wrack springen und nachschauen, ob ich den Grund für das Sinken herausfinden kann.«

Kramm stand neben der Polizistin. Er zuckte zusammen, als ihr das Wort *Wrack* über die Lippen kam. Aber es hatte keinen Sinn, die Dinge zu beschönigen. Momentan war die Yacht nicht mehr seetüchtig. Ob sie es jemals wieder sein würde, mussten Sachverständige entscheiden.

»Ist das nicht gefährlich?«, gab ihr Kollege zu bedenken.

»Wenn du pünktlich zum Dienst erschienen wärst, hättest du dir ja auch Gummistiefel anziehen können«, stichelte Antje. »Ich kann auf mich aufpassen.«

Mit diesen Worten stieß sie sich von der Mauer ab und sprang auf die Bootsbrücke hinunter. Es gab ein platschendes Geräusch, als sie mit ihren Gummistiefeln im offenen Cockpit der Motoryacht landete.

Antje überlegte. Sie hatte ganz gewiss nicht vor, in voller Montur die unter Wasser stehende Kajüte zu durchsuchen. Dafür benötigte man eine Taucherausrüstung und einen Neoprenanzug. Doch sie wollte sich zumindest einen groben Überblick verschaffen. Falls jemand den Schiffsboden mutwillig zerstört hatte, waren vielleicht Hinweise darauf zu finden. Es war ja auch möglich, dass die Inneneinrichtung zertrümmert wurde, wobei die Versenkung der Yacht sozusagen den krönenden Abschluss bildete.

Unter den neugierigen Blicken der Menschen auf dem Pier wandte die Polizistin sich der Luke zu, die hinab in die vollgelaufene Kajüte führte. Wegen des vielen Wassers war die Sicht schlecht, aber Antje hatte ihre Taschenlampe dabei. Die Lukenabdeckung war offen. Die Ermittlerin leuchtete in den Innenraum des Wracks. Und was sie dort sah, gefiel ihr überhaupt nicht.

Im Wasser trieb ein Toter.

Kapitel 2

Ist der Mann noch am Leben?

Das war Antjes erster Gedanke. Doch als sie sich den Körper genauer anschaute, wurde ihr klar, dass hier jede Hilfe zu spät kam. Es war nicht die erste Leiche, die sie während ihrer Arbeit bei der Polizei zu sehen bekommen hatte. Die bleiche Haut, die starren und gebrochenen Augen – nein, es war kein Leben mehr in diesem Mann. Ganz abgesehen davon, dass die Kabine randvoll mit Wasser war. Länger als ein paar Minuten konnte man es ohne Atemgerät hier nicht aushalten.

Die Kommissarin hatte für den Moment genug gesehen. Sie schaltete ihre Lampe wieder aus und wandte sich an ihren Kollegen auf dem Kai.

»Roland, befrage bitte die Schaulustigen. Ich will wissen, seit wann sie sich die Gundis anschauen und ob jemandem etwas Ungewöhnliches aufgefallen ist. Wenn du alle Aussagen hast, schickst du die Leute weg.«

Der Kommissar erkannte an ihrem Tonfall, dass etwas Schlimmes geschehen sein musste. Er nickte und streckte ihr die Hand entgegen, damit sie wieder an Land kommen konnte. Eigentlich konnte sie sich keinen besseren Kollegen wünschen. Roland verstand meist, was sie wollte, ohne dass viele Worte gewechselt werden mussten. Diese Tatsache kam Antjes zurückhaltender norddeutscher Art entgegen. Sie war ihm inzwischen schon nicht mehr böse, weil er zu spät zum Dienst erschienen war. Es konnte eben nicht jeder Mensch so perfektionistisch sein wie sie selbst. Jetzt war jedenfalls nicht der passende Zeitpunkt, um ihr Verhältnis zu Witte unter die Lupe zu nehmen. Es standen ganz andere Probleme an.

Während ihr Kollege die Anwesenden zu befragen begann, nahm die Kommissarin Kramm beiseite. Der Yachtbesitzer schien zu spüren, dass etwas faul war.

»Bekommen Sie jetzt bitte keinen Schreck, aber in der Kabine befindet sich ein Leichnam«, sagte Antje mit gedämpfter Stimme. Sie sprach so leise, wie es bei der Geräuschkulisse aus Möwenkreischen und den durcheinanderredenden Leuten möglich war.

Kramm erschrak sichtlich.

»Ein Toter? Wer ist es?«

»Ich konnte die Leiche natürlich noch nicht untersuchen. Außerdem wollte ich jedes Aufsehen vermeiden. Sie sehen ja selbst, wie viele Leute sich hier allein schon versammelt haben, weil die Gundis versenkt wurde. Die Kabine ist vollständig mit Wasser gefüllt. Ich denke, die Ursache des Versenkens kann erst geklärt werden, wenn die Yacht wieder gehoben wurde. Bei dem Leichnam handelt es sich übrigens um einen jungen Mann, mehr war in dem kurzen Moment unmöglich zu erkennen.«

»Hoffentlich nicht einer meiner Freunde«, murmelte Kramm. Sein linkes Augenlid zuckte, er grub die Fingernägel in seine Handballen.

»Fahren Sie zum Ferienhaus, dann wird sich zeigen, ob Ihre Gruppe komplett ist«, wies Antje ihn an. »Wo sind Sie eigentlich untergekommen?«

Er nannte eine Adresse in der Cirksenastraße.

»Sie haben recht, Frau Fedder. Ich muss mich vergewissern. Hoffentlich ist es nicht …«

Kramm beendete seinen Satz nicht, sondern schwang sich in den Fahrradsattel. Dann fuhr er los, als ob alle Heerscharen der Hölle hinter ihm her wären. Die Kommissarin wandte sich nun den Schaulustigen zu und half ihrem Kollegen bei den Befragungen. Schnell stellte sich heraus, dass die beharrlichsten Neugierigen schon seit dreißig

Minuten hier gestanden hatten. Keiner von ihnen wollte eine Person gesehen haben, die auf das versenkte Boot gegangen oder von dort gekommen war. Antje kamen die Aussagen glaubhaft vor. Sie selbst hinterließ nämlich mit ihren Gummistiefeln große Wasserflecken auf dem Anlegesteg, seit sie an Bord der Gundis gewesen war. Jede andere Person, die sich dorthin begeben hatte, musste ebenfalls nasse Schuhe oder Stiefel haben. Und davon war auf dem Pier nichts zu erkennen. Falls der Täter natürlich schon in der Nacht zugeschlagen hatte, konnte die Feuchtigkeit auf dem Boden längst getrocknet sein. Es war schließlich immer noch Sommer.

Täter?

Noch stand nicht fest, ob die Yacht überhaupt durch einen Sabotageakt gesunken war. Und der junge Mann konnte durch einen Unfall ums Leben gekommen sein. Die Kommissarin ermahnte sich innerlich, keine voreiligen Schlüsse zu ziehen.

Endlich machten sich die Neugierigen aus dem Staub. Erstens bot eine Insel wie Juist weit mehr als nur ein untergegangenes Boot im Yachthafen. Und zweitens sah es für die Leute nicht so aus, als ob sich hier noch etwas tun würde.

Wenn die wüssten!, dachte Antje. Als die Unbeteiligten außer Hörweite waren, berichtete sie ihrem Kollegen von dem Leichenfund.

»Ach, du Schande!«, stieß Roland hervor. »Die Bergung des Toten dürfte nicht gerade einfach werden.«

»Eigentlich schon, aber wir brauchen Hilfe«, gab Antje trocken zurück. »Ich werde gleich mal die Küstenwache anfunken und die Kollegen darum bitten, dass sie die Gundis heben. Mit ein paar guten Lenzpumpen sollte das kein Problem sein.«

Die Kommissarin bemerkte seinen verständnislosen Blick und ergänzte: »Man merkt, dass du eine Landratte bist. Eine Lenzpumpe dient dazu, Wasser aus einem Boot oder Schiff zu entfernen.«

»Man lernt doch nie aus.«

»Und außerdem werde ich Rettungstaucher anfordern, um die Leiche aus dem Wrack zu holen«, fuhr Antje fort. »Die Touristen sollen möglichst wenig davon mitbekommen, was hier geschehen ist. Je weniger Störungen es bei unserer Arbeit gibt, desto besser.«

»Da bin ich ganz deiner Meinung, Antje. Und was soll ich tun, während du den Funkkontakt aufnimmst?«

»Du hältst hier Wache. Womöglich gab es ein Tötungsdelikt oder eine absichtliche Versenkung der Yacht. Oder beides. Dann hätten wir es mit einem Tatort zu tun.«

»Und den darf kein Unbeteiligter betreten, schon klar«, erwiderte der dunkelhaarige Polizist nickend. »Dann zisch ab, ich werde die Gundis wie meinen Augapfel bewachen.«

»Ich bin bald zurück«, versicherte Antje. Sie fuhr Richtung Dienststelle. Oft hatte sie daran gezweifelt, ob zwei Polizisten auf so einer friedlichen Insel wie Juist überhaupt nötig waren. Die jetzige Situation hätte sie jedoch nur schwer bewältigen können, als sie noch allein für Recht und Ordnung sorgen musste. Antje konnte sich ja schlecht zweiteilen, indem sie gleichzeitig das Wrack bewachte und per Funk um Unterstützung bat.

Außerdem würde Roland ihr garantiert fehlen, falls das Ministerium seine Stelle irgendwann einmal streichen sollte. Das war der tiefere Grund dafür, dass sie so gereizt auf seinen verkaterten Auftritt reagiert hatte. Antje machte sich Sorgen um ihn. Sie wollte, dass es ihm gut ging.

Nun tritt mal auf die Bremse!, schimpfte sie innerlich mit sich selbst. *Roland ist nicht dein Ehemann, sondern dein*

Kollege. Er kann sich so oft die Kante geben, wie es ihm gefällt, solange der Dienst nicht darunter leidet!

Als die Kommissarin auf der Wache angekommen war, ging sie sofort ans Funkgerät und nahm Kontakt mit der Küstenwache auf. Als eine Unterabteilung der Bundespolizei sorgte die Küstenwache mit Schiffen und Flugzeugen für die Sicherung der deutschen Seegrenzen. Antje schilderte, was sie entdeckt hatte.

»Leider fehlen uns die Mittel, um die Yacht und die Leiche zu bergen«, sagte sie abschließend.

»Wir gewähren Ihnen natürlich Amtshilfe, Frau Fedder. Eines unserer Patrouillenboote kreuzt momentan zwischen Borkum und Schiermonnikoog, es kann innerhalb von zwei Stunden Juist erreichen.«

Die Kommissarin schaute auf die Uhr.

»Das passt prima, unser Hafen ist gezeitenabhängig. Vielen Dank im Voraus!«

Antje beendete den Funkkontakt und hängte das Mikrofon in seine Halterung zurück. Sie zog die Gummistiefel wieder aus, denn die Arbeit an Bord der Gundis würden nun zunächst die Kollegen von der Küstenwache übernehmen. Bevor die Todesumstände des jungen Mannes geklärt waren und nicht sicher war, ob die Yacht durch einen Unfall gesunken war, wäre jede vorschnelle Ermittlung nur Energieverschwendung.

Während Antje zum Yachthafen zurückkehrte, dachte sie über das versenkte Boot nach. Die Gundis war vor mehr als achtzig Jahren vom Stapel gelaufen, für so etwas hatte die Kommissarin als Tochter eines alten Seebären einen Blick. Wenn die Technik nicht mehr auf dem neuesten Stand war und nicht regelmäßig gewartet wurde, wäre auch ein Unglücksfall nicht auszuschließen.

Als Antje in die Bahnhofstraße einbiegen wollte, kam Kramm auf seinem Fahrrad aus Richtung Rathaus herangerast. Ob er bei seinen Freunden gewesen war? Auf jeden Fall wirkte er noch verwirrter als in dem Moment, als die Kommissarin ihm von dem Leichenfund berichtet hatte. Kramm überholte ein Pferdefuhrwerk. Dabei wäre es fast zu einer Kollision gekommen, wenn die Tiere nicht instinktiv ausgewichen wären. Der Kutscher rief ihm eine Unfreundlichkeit hinterher, doch Kramm schien nichts zu bemerken. Sein Gesicht war totenbleich.

An der Kreuzung beim Kurpark geriet sein Rad ins Schlingern, und er fiel mitsamt seinem Gefährt hin.

Antje musste nur zweimal in die Pedale treten, bis sie ihn erreicht hatte. Sie warf ihr Fahrrad zur Seite und kniete sich neben den Gestürzten. Mit einem Seitenblick bemerkte die Kommissarin, dass sie und Kramm nun im Mittelpunkt der Aufmerksamkeit standen. Sie befanden sich an einem der belebtesten Punkte von Juist. Der Schiffchenteich war nur einen Steinwurf weit entfernt. Nebenan spielte während der Saison das Kurorchester auf, und Lokale wie das *Café Baumanns* und die *Küchenwerkstatt* waren ebenfalls gut besucht. Von den vielen Urlaubern, die aus Richtung Fährhafen kamen, ganz zu schweigen. Doch das war Antje egal, sie konzentrierte sich jetzt ganz auf den Verletzten.

Kramm war ansprechbar, er sah allerdings furchtbar mitgenommen aus.

»Was ist geschehen?«, fragte Antje.

Die Antwort kam stockend. Er schaute sie an, als ob er einen Geist sehen würde.

»Mir wurde plötzlich schwarz vor Augen, aber mir geht es schon wieder gut.«

Kramm wollte aufstehen, doch die Kommissarin drückte ihn sanft zurück.

»Ich schlage vor, dass Sie liegen bleiben und auf einen Arzt warten.«

Er schüttelte den Kopf, doch dann klagte er über Schwindelgefühle. Antje drehte ihn in eine stabile Seitenlage.

»Könnten Sie gefälligst mit dem Filmen aufhören?«, fauchte sie eine Touristin an, die ihr Smartphone gezückt hatte.

»Pascal«, murmelte Kramm. »Pascal war nicht im Ferienhaus, sein Bett ist unberührt. Svenja und Meno haben ihn seit gestern Abend nicht mehr gesehen. Wenn Sie ihn an Bord gesehen haben, dann … das wäre entsetzlich. Er ist mein bester Freund.«

»Es wird sich alles aufklären«, sagte die Kommissarin beruhigend. Sie zog ihr eigenes Smartphone und verständigte einen der Badeärzte, die es auf der Insel gab. Antje hielt Kramms Hand. Während sie auf den Mediziner wartete, dachte sie nach. Wie groß war die Wahrscheinlichkeit, dass ein Fremder sich an Bord der Gundis befunden hatte? Zurzeit lagen sehr viele Yachten im Juister Hafen, von denen Kramms Boot ganz gewiss nicht das größte und schönste war.

Hatte der Mann in der Kajüte die Yacht selbst versenkt?

Oder wurde der Täter von ihm überrascht?

Antje konnte nicht verhindern, dass ihr Verstand unaufhörlich neue Fragen formulierte. Das Rätsel um die Gundis musste unbedingt gelöst werden. Zum Glück näherte sich schon bald das Auto des Arztes. Das war ein Vorteil, wenn man auf einer so kleinen Insel lebte.

Dr. Sönnichsen stieg aus dem Wagen und widmete sich seinem Patienten. Antje versuchte inzwischen mehr oder weniger erfolgreich, den Menschenauflauf zu zerstreuen. Es dauerte nicht lange, bis der Mediziner sich an sie wandte.

»Der junge Mann hat einen Schwächeanfall erlitten, sein Kreislauf ist instabil. Ich werde ihn mitnehmen und ihm eine Spritze verabreichen. Wahrscheinlich ist er in einer Stunde schon wieder fit.«

»Mir fehlt nichts«, beteuerte Kramm.

Antje legte ihre Hand auf seine Schulter.

»Tun Sie mir den Gefallen und befolgen Sie die Anweisungen des Doktors. Mein Kollege und ich tun unsere Arbeit, wir kommen dann später auf Sie zu. Ich kümmere mich darum, dass die Gundis gehoben wird.«

»Vorhin habe ich noch gedacht, dass der Verlust der Yacht mich treffen würde«, dachte Kramm laut nach. »Aber jetzt ist für mich der Gedanke unerträglich, dass mein Freund nicht mehr leben könnte.«

»Es wird sich alles aufklären.«

Die Kommissarin war selbst unzufrieden mit dieser Floskel, aber etwas Besseres fiel ihr momentan nicht ein. Immerhin ließ sich Kramm widerstandslos ins Arztauto verfrachten.

»Ich nehme Ihr Fahrrad mit«, rief Antje noch, dann fuhr der Wagen davon.

Die Inselpolizistin stieg wieder auf ihr eigenes Rad und führte den Drahtesel des jungen Mannes am Lenker mit. Das Gefährt hatte den Sturz gut überstanden.

Roland schaute seine Kollegin verblüfft an, als sie zum Yachthafen zurückkehrte.

»Das ist doch Kramms Leihfahrrad, oder?«

»Ja, er hat gerade einen Klappmann gemacht.«

Antje erzählte, was sich ereignet hatte. Der Kommissar kratzte sich im Nacken.

»Falls es sich bei dem Toten wirklich um seinen Freund handelt, wird das eine schlimme Erfahrung für ihn. Du hattest wohl noch keine Gelegenheit, Genaueres zu erfahren?«

Die Inselpolizistin schüttelte den Kopf.
»Kramm hat nur den Namen seiner Schwester erwähnt, sie heißt Svenja. Und dann gibt es noch Pascal, von dem er befürchtet, dass es sich bei ihm um den Leichnam handeln könnte. Pascal ist angeblich Kramms bester Freund, und seit gestern Abend will ihn im Ferienhaus niemand gesehen haben. Außerdem ist da noch ein Mann namens Meno. Wie er zu den anderen steht, weiß ich nicht.«
»Das wird sich zeigen. Während du fort warst, ist hier eine junge Frau aufgetaucht. Ich habe sie nicht nach ihrem Namen gefragt.«
»Wie sieht sie denn aus?«
»Dunkles, schulterlanges Haar, groß und schlank. Sie trägt Jeans, Schuhe mit Keilabsatz und eine blaue Designer-Kapuzenjacke.«
Antje hob die Augenbrauen.
»Du hast sie dir ja sehr genau angeschaut!«
Roland zuckte mit den Schultern.
»Das war reine Routine.«
»Soso«, gab die Kommissarin schmunzelnd zurück. »Hast du denn auch mit der Schönheit geredet?«
»Ich habe mit keiner Silbe erwähnt, dass sie gut aussieht«, beteuerte Roland.
»Dein Geschmack ist mir bekannt.«
»Das bezweifle ich.«
»Lenk nicht ab, Rollo«, neckte Antje ihn. »Also, worüber habt ihr geredet?«
»Sie wollte wissen, was mit dem Boot passiert ist.«
»Das geht vielen Leuten so«, gab die Kommissarin trocken zurück.
»Ja, aber es kam mir so vor, als ob es bei ihr nicht nur reine Neugier war.«
Die Kommissarin wusste, dass bei einer Ermittlung nur Fakten zählen. Auf eine Stimmung oder ein Bauchgefühl

konnte man sich als Polizist nicht verlassen. Dennoch hatten solche Empfindungen schon so manches Mal zu Tatsachen geführt, mit deren Hilfe sich ein Verbrechen später aufklären ließ. Daher nahm sie ernst, was ihr Kollege sagte.

»Wollte sie dich aushorchen?«

»Ja, sie machte mir schöne Augen.«

»Da ist sie bei dir natürlich auf Granit gebissen.«

»Sehr lustig, Antje. Ich weiß ja selbst nichts über die Versenkung des Bootes, also konnte sie mir auch keine Informationen aus der Nase ziehen. Trotzdem ließ sie nicht locker. Doch plötzlich zog sie ihr Smartphone aus der Tasche. Wahrscheinlich ein Vibrationsalarm, zumindest habe ich kein Klingeln gehört. Sie muss eine Textnachricht bekommen haben. Sie schaute kurz aufs Display, dann steckte sie das Telefon wieder weg. Sie wirkte plötzlich sehr beunruhigt. Dann behauptete sie noch, dass sie mich nicht von der Arbeit abhalten wollte, und verschwand.«

»Auf welche Art? Sie wird sich ja nicht wie ein Flaschengeist weggezaubert haben.«

»Nein, sie ging zu Fuß.«

»Das Verhalten dieser Frau kommt mir wirklich verdächtig vor. Wir sollten sie uns zur Brust nehmen, wenn wir sie noch einmal treffen.«

»Ich würde sie sofort wiedererkennen.«

»Davon bin ich überzeugt. – Das Problem mit der Leichenbergung habe ich übrigens gelöst.«

Antje berichtete ihrem Kollegen nun davon, wie sie mit der Küstenwache verblieben war. Roland nickte beifällig.

»Gut, die Kollegen haben die nötige Ausrüstung, um die Arbeiten durchzuführen.«

Die Kommissarin strich ihre langen blonden Haare zurück, die durch eine Windbö unter der Uniformmütze hervorgekommen waren.

»Ich hatte noch nie einen Fall, bei dem der Tatort erst freigelegt werden musste. In unserem Beruf gibt es doch immer wieder etwas Neues.«

»Also gehst du von einer absichtlichen Versenkung und von einem Mord aus, Antje?«

»Der Verdacht besteht zumindest, deshalb will ich mir ja Gewissheit verschaffen.« Sie blinzelte ihren Kollegen an, bevor sie fortfuhr: »Und während wir hier auf das Küstenwachboot warten, kannst du mir berichten, weshalb du gestern Abend so versumpft bist.«

Das Thema schien Roland unangenehm zu sein. Nachdem sie nun schon seit einiger Zeit zusammenarbeiteten, konnte Antje in seinem Gesicht lesen wie in einem offenen Buch.

»Ist das denn so wichtig?«

»Eigentlich nicht«, gab sie zu. »Ich würde jetzt auch lieber Kramm und die übrigen Bewohner des Ferienhauses befragen. Aber das sollten wir zu zweit tun. Und wir können hier nicht weg, bevor die Kollegen eingetroffen sind.«

»Die Küstenwache wird bestimmt bald kommen«, gab der Kommissar zurück. Er warf einen sehnsüchtigen Blick Richtung Horizont. Doch dort war nur eine Segelyacht zu sehen, die Kurs auf den Juister Hafen nahm.

»Kann es sein, dass du mir ausweichst?«

»Wie kommst du denn darauf? Ich habe nichts zu verbergen. Also, ich bin in der *Juister Kajüte* gewesen.«

»Die Kneipe meines Vaters scheint sich ja immer mehr zu deinem Stammlokal zu entwickeln.«

»Warum auch nicht? Es ist gemütlich dort, und die Seefahrtsatmosphäre wirkt nicht gekünstelt.«

Das war allerdings auch kein Wunder, wie Antje fand. Tjark Fedder war sein ganzes Berufsleben lang bei der Handelsmarine gewesen und hatte von seinen Reisen rund um die Welt zahlreiche Erinnerungsstücke mitgebracht, mit denen er nun als Pensionär die Wände seiner Gaststätte schmückte.

Antje ließ nicht locker.

»Und mit wem bist du dort gewesen?«

»Du willst es heute Morgen aber ganz genau wissen. Ich war allein.«

»Ich hätte dich eigentlich nicht für einen einsamen Schluckspecht gehalten. Du bist doch mehr der gesellige Typ.«

Die Kommissarin ärgerte sich über sich selbst, weil sie mit ihren bohrenden Fragen nicht aufhören konnte. Der Grund dafür war ihr nur allzu bewusst: Sie wollte herausfinden, ob Roland den Abend und womöglich auch die Nacht in weiblicher Gesellschaft verbracht hatte.

War Antje eifersüchtig? Sie hätte ja einfach nur ihren Vater fragen müssen, der in seinem kleinen Lokal stets den Überblick behielt. Und Tjark Fedder würde seine einzige Tochter gewiss nicht anlügen. Zwischen den beiden herrschte ein großes Vertrauensverhältnis.

»Kann sein, dass ich mit deinem Herrn Papa ein paar Biere zu viel getrunken habe«, räumte Roland ein. »Was sagst du eigentlich zum letzten Spiel des TSV? Dazu müsstest du als waschechte Juisterin doch eine Meinung haben.«

Die Kommissarin seufzte innerlich. Ihr Kollege hatte mit der Holzhammermethode das Thema gewechselt. Es würde ihr wohl nichts anderes übrigbleiben, als mit ihrem Vater zu sprechen. Das war allerdings schwierig. Tjark Fedder sollte auf keinen Fall denken, dass sie für Roland mehr empfand als nur Kollegialität.

Kapitel 3

Witte war erleichtert, als endlich der Küstenwache-Kreuzer Kurs auf den Yachthafen nahm. Antje hatte ihn mit ihren inquisitorischen Fragen ganz schön ins Schwitzen gebracht. Warum machte sie so ein Drama daraus, dass er eine halbe Stunde zu spät gekommen war? Auf diese Tatsache konnte er nicht stolz sein, und es kam zum Glück äußerst selten vor.

Natürlich hätte er seine Kollegin auch anschwindeln können, aber davon versprach er sich nichts. Witte war tatsächlich bei Tjark Fedder eingekehrt, hatte einfach nur ein Feierabendbier trinken wollen. Aber der alte Seebär hatte sich als äußerst spendabel gezeigt, und Wittes Alkoholpegel war gewaltig angestiegen. Bei dem Gespräch zwischen dem Kommissar und dem Wirt war es fast ausschließlich um Antje gegangen.

Witte erinnerte sich nur noch bruchstückhaft daran. Er hoffte nur, dass er keine Dummheiten von sich gegeben hatte.

Nun waren ja glücklicherweise die Kollegen von der Küstenwache eingetroffen, und der Inselpolizist konnte sich ganz auf die Arbeit konzentrieren. Witte und Antje berichteten, was sie bisher schon herausgefunden hatten. Zwei Besatzungsmitglieder des Kreuzers legten Taucheranzüge an, um das Innere der Yacht zu untersuchen und die Leiche zu bergen.

»Ich schlage vor, dass Sie den Toten mit aufs Festland nehmen und zur Obduktion nach Oldenburg schaffen lassen«, sagte Witte zu dem Kapitän.

Der Kommandant des Kreuzers nickte.

»Ja, das habe ich veranlasst. Sobald wir in Norddeich anlegen, wird der Leichnam von dort aus weitertransportiert.«

Die Inselpolizisten standen mit einigen Besatzungsmitgliedern des Kreuzers am Kai und schauten zu, wie die Froschmänner in das Wrack eindrangen. Eigentlich hätte die Aktion wieder Schaulustige auf den Plan rufen müssen. Aber das Wetter war so herrlich, dass die Urlauber an den Strand geströmt waren und die Segler die guten Windverhältnisse für einen Törn ausnutzten. Der Yachthafen war fast völlig verwaist. Die Besitzer der Boote, die noch vertäut lagen, befanden sich momentan ganz gewiss nicht auf Juist.

Die Gundis war nicht groß, daher wurde die Leiche schnell gefunden. Mithilfe eines Flaschenzuges wurde der leblose Körper auf den Pier geschafft. Antje hatte während ihrer Jahre bei der Juister Polizei schon einige Wasserleichen gesehen, die an den Strand gespült wurden. Im Vergleich dazu sah dieser Tote noch sehr intakt aus, er konnte nicht allzu lange in der Nordsee gelegen haben. An seinem Hinterkopf war eine Wunde zu erkennen. Ob ein Schlag die Todesursache gewesen war, würde sich bei der Obduktion herausstellen.

Antje machte mit ihrem Smartphone einige Fotos vom Gesicht des Mannes. Dann wurden die sterblichen Überreste in einen Leichensack gesteckt und an Bord des Kreuzers der Küstenwache geschafft.

Einer der Taucher wandte sich an die Inselpolizisten.

»Die Yacht ist mutwillig versenkt worden. Jemand hat mit einer Axt unter der Wasserlinie ein Leck geschlagen. Ich schätze, das Boot ist innerhalb einer Stunde vollgelaufen. Wenn es nicht so gut vertäut gewesen wäre, hätte es noch tiefer sinken können. Wir werden jetzt das Leck provisorisch schließen und die Lenzpumpen anwerfen.«

Witte und Antje bedankten sich für die Amtshilfe. Bevor das Wasser aus der Gundis entfernt war, würden sie sich an Bord ohnehin nicht umsehen können. Während die Küstenwache an dem Wrack weiterarbeitete, fuhren die

Inselpolizisten zu dem Ferienhaus, das Kramm und dessen Freunde gemietet hatten.

Es befand sich in idyllischer Lage am nördlichen Ende der Cirksenastraße.

»Gehobene Preiskategorie«, kommentierte Witte, als sie ihre Räder gegen den Gartenzaun lehnten.

»Ich kann dir nicht widersprechen«, gab Antje zurück.

Das Haus war offenbar erst vor wenigen Jahren aufwändig renoviert worden. Die großen Panoramafenster schienen nagelneu zu sein. In früheren Zeiten waren die Fenster der Inselhäuser eher klein gewesen, um möglichst wenig Kälte der Winterstürme in die Gebäude zu lassen. Mit einem Foto dieses Ferienhauses hätte man hingegen auch Werbung in einer Tourismusbroschüre oder auf einer Image-Homepage machen können.

Witte betätigte den Türklopfer in Form eines Delfins. Es dauerte nicht lange, bis eine hübsche junge Frau öffnete. Ihr Gesicht war blass, die Augen hatte sie weit aufgerissen. Ob sie geweint hatte? Der Kommissar war sich nicht sicher. Auf jeden Fall schien sie aufgebracht zu sein.

»Gibt es Neues von Pascal?«, rief sie statt einer Begrüßung.

»Moin, ich bin Kommissarin Fedder, das ist Kommissar Witte«, stellte Antje die beiden vor. »Und Sie sind …?«

»Entschuldigen Sie, mein Name ist Svenja Kramm. Meinen Bruder haben Sie ja schon kennengelernt. Ole wurde vor Kurzem von dem Arzt hierher gebracht. Mein Bruder bekam ein Beruhigungsmittel, deshalb hat er sich gleich hingelegt. Wir sind alle durcheinander. Kommen Sie doch bitte herein.«

Die junge Frau gab die Tür frei. Sie ging voraus und betrat einen großzügig geschnittenen Wohnraum mit einem riesigen Flachbild-Fernseher und einer teuer aussehenden modernen Couchgarnitur.

Ein junger Mann in Jogginghose und T-Shirt hockte im Schneidersitz auf dem Sofa. Er hatte einen Tablet-PC auf dem Schoß und tippte konzentriert darauf herum. Er blickte noch nicht einmal auf, als die Polizisten hereinkamen.

»Das ist Meno«, sagte Svenja. »Er hat ein Gemüt wie ein Fleischerhund.«

»Falls du damit andeuten willst, dass ich gefühlskalt sei, muss ich widersprechen«, murmelte Meno. »Aber ich werde nicht aufgrund von Gerüchten und Halbwahrheiten hysterisch.«

»Die Gundis ist gesunken und von Pascal fehlt jede Spur«, gab Oles Schwester mit zitternder Stimme zurück. »Für mich sind das genügend Gründe, um unruhig zu werden.«

»Wie du meinst«, erwiderte Meno, ohne den Blick von seinem Tablet zu lösen.

»Wir müssen mit Ihnen beiden sprechen«, stellte Witte klar. Und Antje zog ihr Smartphone hervor und zeigte Svenja ein Bild des Toten.

»Kennen Sie diese Person?«

Die junge Frau schlug sich die flache Hand vor den Mund. Witte hatte allerdings nicht den Eindruck, dass der Tod des Mannes eine Überraschung für sie wäre. Er konnte sich natürlich auch täuschen.

»Oh Gott! Das ist Pascal Ruffner, unser Freund! Was ist mit ihm geschehen?«

»Die Untersuchungen sind in vollem Gang«, versicherte der Kommissar. »Also sind Sie hundertprozentig sicher?«

»Ja, auf jeden Fall. Gestern Abend haben wir noch zusammen gefeiert, und jetzt – wer hat ihm das angetan?«

Antje stieg sofort auf Svenjas Frage ein: »Wie kommen Sie darauf, dass Fremdeinwirkung im Spiel war? Davon hatten wir nichts erwähnt.«

»Ich dachte, wenn die Polizei kommt, würde es immer um Mord oder Totschlag gehen«, stammelte die junge Frau.

Meno tippte währenddessen unbeeindruckt auf seinem Tablet herum.

»Könnten Sie bitte mal damit aufhören?«, raunzte Witte ihn gereizt an.

»Meinetwegen.«

Der junge Mann legte den flachen PC weg, wirkte aber weiterhin desinteressiert.

»Die Polizei ermittelt, wenn es sich um unklare Todesumstände handelt«, erklärte Antje. »Außerdem steht jetzt fest, dass die Yacht mutwillig leckgeschlagen wurde. Da interessiert uns natürlich, wer das getan hat. Und aus welchem Grund.«

Svenja weinte nicht, obwohl sie mit einem Taschentuch die Gesichtshaut unter ihren Augen betupfte, was der Kommissar seltsam fand.

»Ole wird am Boden zerstört sein. Pascal war sein bester Freund«, murmelte Svenja.

Witte hatte bereits sein Notizbuch gezückt, Antje folgte seinem Beispiel.

»Wann haben Sie Pascal zum letzten Mal gesehen?«, wollte der Kommissar wissen.

»Gestern Abend haben wir ein wenig gefeiert, wir wollten heute in See stechen«, antwortete die junge Frau. »Ich war um Mitternacht im Bett.«

»Und Sie?«, fragte Antje Meno.

»Ich war schon um halb zwölf in der Falle. Da haben Svenja, Pascal und Ole noch zusammengesessen. Ich war müde, außerdem hat mich das Gelaber gelangweilt.«

»Du bist ja nie zufriedenzustellen«, behauptete Svenja.

»Ich bin eben ein anspruchsvoller Mensch«, sagte Meno.

»Sie wollten also an Bord der Gundis den Hafen verlassen«, stellte Witte fest. »Hatten Sie ein bestimmtes Ziel?«

»Wir wollten beim Wrack der *Mongabara* tauchen«, erwiderte Svenja.

Der Kommissar wollte schon nachhaken, aber Antje warf ihm einen Blick zu. Er besagte so viel wie: *Ich weiß, was damit gemeint ist. Und ich werde es dir später erklären.*

»In welchem Verhältnis standen Sie zu Pascal?«, fragte Witte.

»Ich mochte ihn, er war immerhin der beste Freund meines Bruders.«

Die Antwort kam für den Geschmack des Kommissars ein wenig zu schnell über Svenjas Lippen. Nach einer kleinen Pause fuhr sie fort: »Außerdem sind wir alle Taucher, das ist unser gemeinsames Hobby.«

»Für welche Uhrzeit war heute Morgen das Auslaufen der Yacht geplant?«, forschte Antje.

Eine Antwort blieb zunächst aus. Svenja warf Meno einen hilfesuchenden Blick zu.

»Warum müssen Sie das wissen?«, fragte er.

»Beantworten Sie einfach die Frage meiner Kollegin«, sagte Witte.

»Für acht Uhr, glaube ich«, gab der junge Mann zurück.

»Das ist seltsam«, meinte die Inselpolizistin. »Ole Kramm hat heute Morgen um kurz nach acht Uhr auf der Polizeiwache Anzeige erstattet, weil seine Yacht versenkt wurde. Ich frage mich, weshalb Sie alle nicht bereits um acht Uhr am Hafen waren, wenn Sie doch gemeinsam einen Tauchgang machen wollten. Sie mussten auch Ihre Ausrüstung an Bord schaffen, oder?«

»Die Sauerstoffflaschen und Anzüge sind bereits auf der Gundis«, behauptete Meno. »Wollen Sie uns einen Strick daraus drehen, dass wir verschlafen haben?«

»Natürlich nicht«, stellte Antje klar. »Mein Kollege und ich wollen nur verstehen, was sich vor Pascals Tod und der

Versenkung der Yacht abgespielt hat. Also hat keiner von Ihnen diesen Mann nach Mitternacht gesehen?«

»Ja, genau. Es ist ein schrecklicher Verlust für uns alle«, sagte Svenja. Sie schien krampfhaft zu versuchen, sich einige Tränen abzuquetschen. Zumindest kam es Witte so vor. Plötzlich ertönte eine Männerstimme.

»Was ist hier los?«

Ole Kramm war offensichtlich aufgewacht. Er stand am Fuß der Treppe, die zum ersten Stockwerk hinaufführte. Seine Schwester lief auf ihn zu und fiel ihm um den Hals.

»Pascal ist tot, Ole. Das ist so furchtbar!«

Erneut hatte Witte den Eindruck, als ob ihre Betroffenheit nur schlecht gespielt wäre. Kramm hingegen schien zu leiden wie ein Hund. Sein Körper bebte, während er die Lippen zusammenpresste. Tränen rannen ihm in Strömen über die Wangen, während er Svenja an sich drückte.

Meno schaute die beiden so unbeteiligt an, als ob er eine Seifenoper im Fernsehen anschauen würde.

»Der Tod Ihres Freundes scheint Ihnen nicht besonders nahezugehen.«

Antjes Stimme hörte sich gallig an. Witte wusste, dass sie selbst ein eher zurückhaltender Charakter war. Aber Menos offensichtliches Desinteresse war schon irritierend. Oder gehörte dieser Mann zu den Menschen, die einfach kein Mitgefühl empfinden konnten?

Auch diese Möglichkeit durfte man nach Meinung des Kommissars nicht außer Acht lassen. Es gab einen Fachbegriff für solche Charaktere.

Man nannte sie Psychopathen.

Meno wandte sich nun der Inselpolizistin zu. Er zuckte mit den Schultern.

»Was wollen Sie von mir hören? Svenja hat doch schon gesagt, dass Pascal Oles bester Freund war. Meiner nicht.

Wir haben ein gemeinsames Hobby. Deshalb muss ich aber noch lange nicht aus den Latschen kippen, weil er stirbt.«

»Du bist wirklich unmöglich, Meno«, sagte Kramm, während er seiner Schwester über den Rücken strich. Er klang nicht wütend oder zornig, sondern einfach nur erschöpft. Womöglich übte das Beruhigungsmittel des Arztes auch immer noch eine Wirkung auf ihn aus.

»Wir müssen von Ihnen allen die Personalien aufnehmen«, sagte Witte. Antje ergänzte: »Außerdem möchten wir einen Blick in Pascals Zimmer werfen, wenn das möglich ist.«

»Wurde mein Freund denn wirklich ermordet?«, fragte Kramm mit brüchiger Stimme.

»Wir ziehen alle Möglichkeiten in Betracht«, entgegnete Wittes Kollegin. Svenja löste sich von ihrem Bruder.

»Ich zeige Ihnen den Raum.«

Mit diesen Worten ging sie die Treppe zum ersten Stockwerk hoch. Die Inselpolizisten folgten ihr. Das Zimmer war nicht verschlossen. Der modern eingerichtete Raum verfügte über ein großes Fenster, durch das man einen schönen Blick Richtung Wilhelmshöhe hatte. Pascal hatte anscheinend Ordnung gehalten. Eine Reisetasche stand in der Ecke, das Bett war gemacht. Antje öffnete den Kleiderschrank, in dem die Wäsche Kante auf Kante gestapelt war. Auf dem kleinen hölzernen Schreibtisch befand sich nur ein Smartphone.

»Ist das Pascals Gerät?«

Svenja beantwortete die Frage mit einem Nicken.

Die Kommissarin griff nach dem Handy.

»Dürfen Sie das überhaupt?«, wollte Kramms Schwester wissen. Antje hatte ihr den Rücken zugedreht.

»Schon gut, das Telefon ist ja passwortgeschützt. Ich konnte gar nicht hineinschauen.«

Aber Witte hatte bemerkt, dass seine Kollegin sehr wohl einen Blick riskiert hatte. Er ließ sich nichts anmerken. Die

Polizisten schauten in die Schubladen und unter das Kopfkissen, doch Auffälligkeiten gab es nicht. Hier hatte offensichtlich jemand gewohnt, der in seiner unmittelbaren Umgebung kein Chaos mochte.

Der Kommissar wandte sich noch einmal an Svenja.

»Ist Ihnen an Pascal etwas aufgefallen? Wirkte er verändert, fürchtete er sich womöglich vor jemandem?«

»Nein, er war gut drauf. Genau wie wir anderen hat er sich auf die Tauchgänge gefreut. Das ist alles einfach nur schrecklich.«

Sie schien sich schon wieder mit dem Taschentuch ihre trockene Gesichtshaut betupfen zu wollen. Doch offenbar erkannte sie selbst nun, wie unglaubwürdig die Geste wirkte. Jedenfalls stoppte sie die Bewegung ihrer Hand auf halbem Weg und steckte das Tuch wieder in die Tasche ihrer Bermudashorts.

Antje gab der jungen Frau eine ihrer Visitenkarten.

»Das wäre für den Moment alles«, sagte sie. »Wir halten Sie auf dem Laufenden, sobald wir neue Erkenntnisse haben. Die Küstenwache ist momentan damit beschäftigt, die Yacht zu heben. Wir werden nachschauen, wie weit die Arbeiten vorangeschritten sind. Bitte rufen Sie mich an, falls Ihnen noch etwas einfällt. Jede Kleinigkeit kann wichtig sein.«

»Ja, mach ich«, beteuerte Svenja.

Die Inselpolizisten verabschiedeten sich auch von Kramm und Meno, deren Personalien sie ebenfalls notiert hatten. Witte spürte, dass seine Kollegin etwas auf dem Herzen hatte.

Als sie ein paar Hundert Meter von dem Ferienhaus weg waren, sprach er sie an.

»Mir ist aufgefallen, dass du in das Smartphone gelinst hast.«

»Allerdings, Roland! Pascal hatte als Passwort die beliebte Zahlenkombination 12345. Wir kann man so dumm sein?«

Witte nahm es als ein gutes Omen, dass Antje nicht mehr seinen Spitznamen benutzte.

»Und – konntest du etwas Interessantes bemerken?«

Die Kommissarin nickte.

»Leider hatte ich nur einen kurzen Moment. Pascal muss eine Art virtuelles Tagebuch geführt haben, danach sah es jedenfalls aus. Der letzte Eintrag lautete: *Ich bin der Nächste auf der Liste*.«

Kapitel 4

Als die Inselpolizisten zum Yachthafen zurückkehrten, hatten die Kollegen von der Küstenwache schon mit der Bergung des Bootswracks begonnen. Das Leck war abgedichtet worden, und mehrere Lenzpumpen leerten die Kajüte von dem eingedrungenen Wasser.

»Innerhalb einer Stunde müsste die Yacht wieder halbwegs trocken sein«, meinte der Kapitän. »Seetüchtig ist sie dann allerdings noch lange nicht.«

»Das macht nichts«, erwiderte Antje. »Für uns ist nur wichtig, dass wir uns an Bord umsehen können. Höchstwahrscheinlich handelt es sich um einen Tatort.«

»Können wir bei den Arbeiten helfen?«, fragte Roland.

»Viele Köche verderben den Brei«, gab der Kommandant des Küstenwache-Kreuzers zurück. »Wir machen das schon, ich habe ein eingespieltes Team.«

Die Kommissare bedankten sich und traten zur Seite, um nicht im Weg zu stehen.

»Lass uns den Fall durchgehen«, schlug Antje vor. »Ich brauche jetzt dringend einen Becher Schokolade mit Sahne, am besten im *Kompass.* Danke, dass du mich einlädst.«

Ihr Kollege blinzelte ihr zu.

»Das mach ich doch gern.«

Die Inselpolizisten radelten zu dem nahe gelegenen Café und Restaurant, das sich im ehemaligen Juister Bahnhofsgebäude befand. Roland holte eine Trinkschokolade für Antje und einen Tee für sich. Die Kommissarin bedankte sich und nahm einen Schluck von der heißen süßen Flüssigkeit. Dann sagte sie:

»Diese ganze Geschichte ist oberfaul, Roland. Ich weiß gar nicht, wo ich anfangen soll.«

»Kramm kommt mir ziemlich glaubwürdig vor. Der Tod seines Freundes scheint ihm wirklich an die Nieren gegangen zu sein.«

»Ja, das glaube ich auch. Immerhin hat er vor meinen Augen einen Schwächeanfall erlitten. So etwas kann man nicht schauspielern.«

Der Kommissar wiegte den Kopf.

»Nein, das wohl nicht. Allerdings ist es möglich, dass Kramm aus einem anderen Grund so außer sich war. Wir kennen ja die Beziehungen innerhalb der Gruppe noch nicht. Mir ist nur aufgefallen, dass die Schwester ihre Trauer um Pascal sehr schlecht gespielt hat. Sie versuchte krampfhaft, sich ein paar Tränen abzuquetschen, was nicht funktionierte.«

»Ja, das war augenfällig. Außerdem habe ich ihr nicht abgekauft, dass die Gundis heute Morgen auslaufen sollte.«

Roland nickte.

»Es ist unwahrscheinlich, dass außer Kramm alle verschlafen haben.«

»Damit kennst du dich ja aus«, spottete Antje.

»Du kannst ruhig auf mir herumhacken, ich habe ein dickes Fell«, gab ihr Kollege lächelnd zurück. »Nehmen wir mal an, dass Svenja, Kramm, Pascal und Meno ab Mitternacht wirklich an der Matratze gehorcht haben. Dann schlich sich Pascal aus dem Ferienhaus fort und ging an Bord der Gundis. Was wollte er dort? Und wer folgte ihm, um ihn totzuschlagen und die Yacht zu versenken? Aus welchem Grund?«

Antje trank noch einen Schluck Schokolade. Der Zucker half ihr beim Denken. Zum Glück musste sie sich in ihrem Job sehr viel bewegen, andernfalls hätte sie angesichts ihrer Vorliebe für Süßigkeiten wohl Fett angesetzt.

»Du gehst also von einem Mord aus, Roland? Ich bin deiner Meinung, obwohl es auch eine andere Variante gibt.«

»Welche denn?«

»Bei der zweiten Version schleicht Pascal sich ebenfalls auf das Boot. Er schlägt eigenhändig ein Leck, doch dann erleidet er einen Unfall. Er kracht mit dem Kopf gegen die Bordwand. Womöglich wird er nur ohnmächtig. Und als die Gundis sich mit Wasser füllt, ersäuft er wie eine Katze.«

»Ein schauderhafter Tod«, meinte Roland. »Falls diese Möglichkeit zutrifft, müsste sich bei der Obduktion sehr viel Wasser in den Lungen nachweisen lassen. Wir müssen also nur die Untersuchungsergebnisse aus Oldenburg abwarten, um in diesem Punkt Gewissheit zu haben.«

»Ich bin überzeugt davon, dass sich ein Verbrechen ereignet hat«, meinte Antje. »Dieser Satz in Pascals Smartphone hat mich aufhorchen lassen: *Ich bin der Nächste auf der Liste.*«

»Falls damit so eine Art Opferliste gemeint ist, sollten wir in Pascals Umfeld recherchieren. Wenn es da schon unerklärliche Todesfälle gegeben hat, müsste ein Muster erkennbar sein. Außerdem sollten wir die Augen nach dieser dunkelhaarigen Frau aufsperren, die sich so auffällig für die versenkte Gundis interessiert hat.«

Der Kommissarin lag die Bemerkung auf der Zunge, dass Roland nun wohl auch die Dienststunden zum Flirten benutzen wollte. Aber sie schluckte diesen Scherz herunter. Antje hatte ihren Kollegen schon genügend gepiesackt, wie sie selbst fand. Außerdem – am Ende käme er noch auf den Gedanken, dass sie eifersüchtig wäre.

Und das war ja nun wirklich völlig abwegig.

Anstatt Roland zu veralbern, machte sie lieber einen konstruktiven Vorschlag: »Juist ist eine Familieninsel, die meisten Urlauber sind Ehepaare, viele von ihnen mit Kindern. Gehen wir davon aus, dass es sich bei der Unbekannten um eine allein reisende Frau handelt. Bekanntlich muss jeder Reisende seinen Gästebeitrag bei der Touristinformation entrichten. Lass uns doch einfach überprüfen, wie viele allein reisende Frauen es zurzeit auf der Insel gibt.«

»Ich würde diese Dunkelhaarige auf unter dreißig schätzen, dadurch können wir die Verdächtigen noch stärker eingrenzen«, ergänzte Roland eifrig.

Antje verzog den Mund.

»Schön und gut – aber was werfen wir dieser Frau vor? Es ist ja nicht verboten, sich für ein versenktes Boot zu interessieren. Wir könnten höchstens ihre Personalien mit denen von Pascal und seinen Freunden vergleichen. Und dann hoffen, dass es Überschneidungen gibt. – Übrigens bin ich nicht überzeugt davon, dass die Gruppe wirklich nach dem Wrack der *Mongabara* tauchen wollte.«

»Weshalb nicht?«

»Die *Mongabara* war ein Stückgutfrachter, der 1960 unweit von Juist gesunken ist. Diese Tatsache kennt jeder Insulaner. Das Schiff hatte Autos und Jagdgewehre geladen. Einen VW Käfer aus der Tiefe zu holen ist natürlich nicht ganz einfach. Aber die gut verpackten Waffen erschienen schon damals zahlreichen Sporttauchern als attraktive Beute. Entsprechend gab es viele Versuche, zu dem Wrack vorzustoßen. Doch die starke Tideströmung und das trübe Wasser durchkreuzten die Pläne der Beutejäger. Im Lauf der Zeit sind die Reste der *Mongabara* völlig versandet. Das weiß jeder Sporttaucher, der in ostfriesischen Gewässern unterwegs ist. Es ist also sinnlos, sich dort umtun zu wollen.«

»Also hatten Kramm und seine Freunde etwas völlig anderes vor, Antje?«

»Ja. Ich wette, dass es eine Sache ist, die er vor der Polizei verschweigen wollte. Es kann natürlich sein, dass Kramm sich wirklich das Wrack der *Mongabara* anschauen wollte.

Aber in dem Fall hat er nicht allzu viel Ahnung vom Tauchen.«

»Lass uns erst zur Touristinformation gehen«, schlug Roland vor. »Danach können wir auf der Dienststelle die Personalien von Kramm & Co. durch die Datenbanken laufen lassen.«

Damit war die Kommissarin einverstanden. Die Inselpolizisten fuhren zur Touristinformation, die sich im Rathaus von Juist befand. Dort liefen sie prompt der Bürgermeisterin in die Arme.

Silke Meester lächelte Antje freundlich zu. Die Kommissarin war irritiert. Sie hatte nichts gegen die Amtsträgerin, obwohl die höchste Beamtin der Insel oft zu Hektik und blindem Aktionismus neigte. Die Bürgermeisterin meinte es gut, lief aber meist wie ein aufgescheuchtes Huhn durch Juist. Daher war Antje angenehm überrascht, Silke Meester jetzt in einer so positiven Stimmung anzutreffen.

»Moin, Frau Fedder! Kann ich Sie bitte mal eben unter vier Augen sprechen … von Frau zu Frau sozusagen?«

Sie zwinkerte der Kommissarin zu, als ob sie sich ein Geheimnis teilen würden.

»Ich gehe schon mal zur Touristinformation«, sagte Roland, der den Wink mit dem Zaunpfahl verstanden hatte. Die Bürgermeisterin bat Antje in ihr kleines Büro, wo Silke Meester an ihrem wuchtigen Schreibtisch unter dem Juist-Wappen Platz nahm. Die kleine Frau wirkte hinter dem massiven Möbelstück beinahe verloren. Dennoch ließ sich nicht leugnen, dass sie »ihre« Insel gut im Griff hatte. Sie deutete auf ihren Besucherstuhl, und die Kommissarin nahm Platz.

»Zunächst möchte ich sagen, dass ich mich sehr für Sie und für Herrn Witte freue.«

Antje runzelte die Stirn.

»Vielen Dank, aber – worüber freuen Sie sich?«

Das Lächeln der Bürgermeisterin wurde noch breiter.

»Ich verstehe, dass Sie die Sache noch nicht an die große Glocke hängen wollen. Dafür habe ich vollstes Verständnis. Ich bin auf Ihrer Seite, da können Sie ganz unbesorgt sein. Leider kann ich für Sie keine Ausnahme machen, nur weil Sie auf unserer Insel das Gesetz vertreten.«

»Offen gestanden weiß ich nicht, wovon Sie sprechen.«

»Ihr Vater hat mich eingeweiht. Womöglich hätte er das nicht tun sollen, aber auf mich können Sie sich verlassen. Daher möchte ich Sie bitten, mir den angestrebten Termin so bald wie möglich mitzuteilen.«

Antjes Ungeduld wuchs.

»Was für ein Termin, bitte?«

»Der Termin für Ihre Eheschließung mit Herrn Witte. Seien Sie Ihrem Vater nicht böse, weil er das Geheimnis nicht für sich behalten konnte. Wir Insulaner sind doch letztlich alle eine große Familie. Und Sie wissen selbst, wie beliebt Eheschließungen auf unserer Insel sind.«

Die Kommissarin zwang sich zu einem Lächeln. Eigentlich widersprach es ihrer gradlinigen Art, mit der Wahrheit hinter dem Berg zu halten. Und es war nun einmal Tatsache, dass sie keineswegs mit Roland vor den Traualtar treten wollte. Abgesehen davon hatte er ihr noch nicht einmal einen Antrag gemacht. Aber das waren Angelegenheiten, die Silke Meester überhaupt nichts angingen. Außerdem wollte Antje ihren Vater nicht bloßstellen. Tjark Fedder war alles, was sie noch an Familie hatte.

Doch ihr alter Herr konnte sich auf ein gewaltiges Donnerwetter gefasst machen! Wie kam er dazu, über ihre private Zukunft zu entscheiden? Plötzlich sah sie auch Rolands Besäufnis in einem ganz anderen Blickwinkel. Hatte ihr Vater ihren Kollegen vielleicht abgefüllt, um ihn zu einem Eheversprechen zu überreden?

Zuzutrauen wäre es ihm, dachte Antje grollend.

»Ich werde Sie informieren, sobald ein Hochzeitstermin feststeht«, sagte sie mit erzwungener Ruhe zu der Bürgermeisterin. »Bis dahin möchte ich Sie bitten, die ganze Sache für sich zu behalten.«

»Selbstverständlich. Auf meine Diskretion können Sie sich verlassen, Frau Fedder.«

Silke Meesters Ansage hatte Antje in ein Gefühlschaos gestürzt. Es war ja nicht so, dass sie Roland überhaupt nicht mochte. Manchmal konnte sie sich schon vorstellen, dass er für sie mehr sein konnte als nur ein Kollege. Sie fühlte sich in seiner Gegenwart meistens wohl, und beruflich ergänzten die beiden sich auch gut. Doch für eine Hochzeit war noch mehr nötig, jedenfalls ihrer Meinung nach.

Der Kommissar warf ihr einen besorgten Blick zu, als sie wenig später an den Schalter der Touristinformation trat.

»Was ist denn mit dir los, Antje? Du schaust aus, als ob du einen Geist gesehen hättest.«

»Ja, den Geist einer Braut.«

»Wie war das, bitte?«

»Unwichtig, darüber reden wir später. Konntest du etwas herausfinden?«

»Ja. Momentan befinden sich fünfundneunzig allein reisende Frauen auf Juist. Einundsiebzig von ihnen habe ich aufgrund ihres Alters zunächst ausgeschlossen, die übrigen müssen wir nacheinander überprüfen.«

»Sehr gut. Wir können über sie auch gleich eine POLAS-Abfrage starten, wenn wir uns mit Kramm und seinen Freunden befassen. Außerdem muss ich noch privat mit dir sprechen.«

Den letzten Satz hatte Antje offenbar mit einem drohenden Unterton von sich gegeben. Zumindest schien Roland sich plötzlich nicht mehr wohl in seiner Haut zu fühlen. Sie hätte jeden Betrag darauf gewettet, dass er wusste, worum es ging.

Die Kommissare radelten zur Polizeistation zurück. Das gute Wetter trieb die Touristen scharenweise an den breiten Hauptsandstrand. In der Sommersaison kam Antje die Insel fast schon überlaufen vor. Trotzdem konnte man immer noch ruhige Flecken finden, wenn man nur lange genug danach suchte. Die Ermittler überholten ein Pferdefuhrwerk und stellten ihre Räder vor der Dienststelle ab.

Roland schaltete seinen PC ein und rief das Datenbankprogramm auf. Er arbeitete eine halbe Stunde lang, dann stieß er einen langgezogenen Pfiff aus.

»Na also! Da haben wir ja schon etwas! Ein Doppeltreffer sozusagen.«

Antje kam zu ihrem Kollegen und linste ihm über die Schulter.

»Du sprichst in Rätseln, Rollo.«

»Es ist ganz einfach, Antje. Hier, schau dir das Foto dieser Frau an. Ich habe ihren Namen durch eine Suchmaschine laufen lassen, und da wird dieses Bild angezeigt. Sie heißt Ina Jasper, und genau dieser Person bin ich am Hafen begegnet. Daran gibt es keinen Zweifel.«

Antje war ihre Aufregung deutlich anzuhören, sie sagte:

»Laut der Touristinformation wohnt eine gewisse Ina Jasper momentan in der Pension Hagemann. Wir sollten sie umgehend genauer unter die Lupe nehmen. Und was meinst du mit einem Doppeltreffer? Hat sie ein Vorstrafenregister?«

»Nein, sie ist polizeilich ein unbeschriebenes Blatt. Stattdessen ist Meno Paal ein interessanter Kandidat. Den habe ich nämlich auch gleich überprüft. Er wurde nicht nur rechtskräftig wegen Körperverletzung verurteilt, er wird außerdem per Haftbefehl gesucht!«

Kapitel 5

Witte beugte sich vor und las:

»Meno Paal wurde vor fünfundzwanzig Jahren in Jever geboren. Realschule ohne Abschluss verlassen, diverse Aushilfsjobs als Tankwart, Fließbandarbeiter und reisender Promoter.«

»Was muss ich mir denn darunter vorstellen?«, wollte Antje wissen.

»Wahrscheinlich ist Paal mit einer Drückerkolonne durch die Gegend gezogen und hat leichtgläubigen Menschen Knebelverträge angedreht. Wie du siehst, kam er mehrfach mit dem Gesetz in Konflikt: Unterschlagung, Beihilfe zum Betrug und zuletzt Körperverletzung. Die Strafe wurde nicht zur Bewährung ausgesetzt. Allerdings hat Paal einen großen Bogen um die Justizvollzugsanstalt gemacht. Stattdessen ist er angeblich spurlos verschwunden.«

»Um auf Juist zu erscheinen«, ergänzte die Kommissarin. »Selbst wenn er mit Pascals Tod nichts zu schaffen haben sollte, müssen wir ihn wegen des offenen Haftbefehls einkassieren.«

Witte nickte. Die meisten Normalbürger machten sich keine Vorstellung davon, wie viele verurteilte Straftäter auf freiem Fuß durch die Lande geisterten. Manchmal war es buchstäblich Zufall, wenn einer von ihnen in eine Polizeikontrolle geriet. Bei hoch kriminellen Verbrechern wurden natürlich alle Hebel in Bewegung gesetzt, um sie hinter Schloss und Riegel zu bringen. Doch die Ordnungsmacht hatte nicht die Ressourcen, um auch so einen kleinen Fisch wie Meno Paal auf Biegen und Brechen einzusperren.

»Weder Ole und Svenja Kramm noch Pascal Ruffner sind jemals mit dem Gesetz in Konflikt gekommen«, stellte der Kommissar fest. »Ole besitzt ein Computer-Start-up-

Unternehmen in Wittmund, seine Schwester studiert in Oldenburg Jura. Pascal Ruffner war Tischlermeister, er hat den kleinen Betrieb seines Vaters geerbt. Da frage ich mich doch, was diese drei braven Bürger mit einem Tunichtgut wie Paal zu schaffen haben. Kann es wirklich sein, dass ein gemeinsames Hobby so stark zusammenschweißt?«

»Die passenden Fragen werden wir den Personen schon noch stellen, keine Sorge«, erwiderte Antje. »Aber zunächst muss ich mit dir ein Hühnchen rupfen, Rollo.«

Es war für Witte ein extrem schlechtes Zeichen, dass seine Kollegin ihn wieder bei seinem ungeliebten Spitznamen nannte. Es hatte zunächst so ausgesehen, als ob Antje sich wieder abgeregt hätte. Doch nach ihrem Termin bei der Bürgermeisterin war sie extrem durch den Wind gewesen. Und Witte befürchtete, dass dieser Zustand etwas mit ihm zu tun haben könnte.

Antje baute sich vor ihm auf, wobei sie die Arme vor der Brust verschränkte. Sie schaute ihm so lange in die Augen, bis er seinen Blick abwenden musste.

»Ich will jetzt auf der Stelle wissen, worüber du gestern mit meinem Vater gesprochen hast. Oder er mit dir, besser gesagt.«

Witte wand sich wie ein Aal.

»Och, so über dies und das, über Fußball hauptsächlich …«

»Lüg mich nicht an, Rollo! Hast du vergessen, dass ich Polizistin bin? Ich erkenne, wenn mich jemand anflunkert.«

Der Kommissar stieß einen langgezogenen Seufzer aus. Nun würde er wohl Farbe bekennen müssen.

»Also gut, wir haben über dich geredet, Antje. Und es stimmt, dass dein Vater mich angesprochen hat. Woher weißt du das?«

»Unwichtig. Sprich weiter!«

»Tjark meinte, dass wir uns doch so gut verstehen würden. Es wäre jammerschade, wenn man zu viel Zeit verstreichen ließe. Wir werden ja nicht jünger.«

»Wer wird das schon, außer in Science-Fiction-Filmen!«, höhnte Antje. »Hat mein Vater von dir verlangt, dass du um meine Hand anhalten sollst?«

»Verlangt nun nicht gerade …«

»Also hat er es getan!«

»Antje, Tjark meint es doch nur gut. Und er hat mir anvertraut, dass er so gern einen Enkel oder eine Enkelin hätte. Also, falls mich meine Erinnerung nicht trügt.«

»Papa hat dir nahegelegt, mir ein Kind zu machen?«, fragte Antje fassungslos.

»So würde ich es nicht ausdrücken«, murmelte Roland.

Einige Augenblicke lang herrschte Schweigen in der kleinen Polizeidienststelle. Als die Kommissarin wieder den Mund öffnete, klang ihre Stimme sanfter als zuvor.

»Ich kann mir sehr gut vorstellen, wie der gestrige Abend abgelaufen ist, Roland. Ich kenne meinen Vater, er hat einen Dickkopf. Den habe ich wahrscheinlich von ihm geerbt. Jedenfalls wird er dir jede Menge Alkohol eingeflößt haben, um dich in seinem Sinn weichzuklopfen. Also wünscht er sich, dass wir heiraten und Kinder bekommen. Und was sagst du dazu?«

»Äh …«

»Ich möchte jedenfalls keinen Ehemann, der eine solche Frage mit *äh* beantwortet!«, fauchte Antje. Sie und Witte schauten einander ins Gesicht. Im nächsten Moment brachen beide in ein befreiendes Gelächter aus. Dann nahm der Kommissar seine Kollegin in die Arme.

»Ich will keine Ehefrau, die ein Kontrollfreak ist.«

»Und ich will keinen Ehemann, der sich von meinem Vater unter den Tisch trinken lässt.«

Witte hätte Antje jetzt gern geküsst. Aber er spürte, dass dafür nicht die passende Zeit und der passende Ort war.

Noch nicht.

Also lösten sie sich wieder voneinander. Die Stimmung war nun jedenfalls unendlich viel besser als noch vor wenigen Augenblicken.

»Mein Papa wird sein blaues Wunder erleben, wenn ich ihm das nächste Mal unter vier Augen begegne«, drohte die Kommissarin.

»Sei nicht zu streng mit ihm, er will doch nur dein Bestes.«

»Ja, das ist wohl so«, erwiderte sie seufzend. »Ich möchte jetzt Meno Paal verhaften, er hätte seine Gefängnisstrafe schon vor drei Monaten antreten müssen.«

Die Inselpolizisten fuhren zum Ferienhaus in der Cirksenastraße. Diesmal wurde ihnen von Kramm geöffnet. Sein Gesicht war immer noch fahl, aber er schien den ersten Schock nach dem Tod seines Freundes inzwischen halbwegs verkraftet zu haben. Oder gab es einen ganz anderen Grund für seinen Zusammenbruch? Witte wurde aus diesem Mann bisher nicht schlau.

»Moin, die Küstenwache hat Ihre Yacht gehoben und das Leck provisorisch geflickt«, sagte Antje zur Begrüßung. »Allerdings ist die Gundis momentan nicht seetüchtig. Sie muss auf die Werft, bevor sie wieder auslaufen darf.«

»Ich verstehe«, erwiderte Kramm mit tonloser Stimme. »Ich danke jedenfalls für Ihre Bemühungen.«

»Außerdem möchten wir mit Meno Paal sprechen«, ergänzte Witte.

»Meno müsste auf seinem Zimmer sein. Treten Sie bitte näher.«

Die Kommissare gingen wieder in den Wohnraum. Svenja hatte es sich dort auf dem Sofa bequem gemacht. Sie war nur teilweise bekleidet. Als die Ermittler hereinkamen, zog sie sich schnell eine Wolldecke bis zum Kinn.

»Entschuldigen Sie bitte die Störung«, sagte Witte. »Wir bleiben nicht lange.«

Die junge Frau erwiderte nichts. Aber ihr Gesichtsausdruck zeugte davon, dass sie vom Erscheinen der Polizisten nicht begeistert war.

Kramm war in die erste Etage hochgegangen. Nun kehrte er zurück.

»Meno ist nicht in seinem Zimmer«, teilte er den Kommissaren mit. Antje kniff die Augen zusammen.

»Und was ist mit dem Bad?«

»Da habe ich noch nicht nachgesehen.«

»Wenn es Ihnen recht ist, dann machen wir das.«

»Nein, das ist uns nicht recht«, rief Svenja. »Woher kommt Ihr plötzliches Interesse an Meno?«

»Das klären wir gleich.«

Antje und Witte ließen sich auf keine Diskussion ein, sondern kontrollierten schnell alle Räume des Ferienhauses. In Menos Zimmer deutete nichts auf eine überstürzte Abreise hin, nur sein Tablet fehlte.

Die Inselpolizisten gingen wieder zu den Geschwistern.

»Ihr Freund Meno Paal wird gesucht, weil er eine Haftstrafe nicht angetreten hat«, sagte die Kommissarin. Und Witte ergänzte: »Wenn Sie ihm bei der Flucht behilflich waren, haben Sie sich ebenfalls strafbar gemacht.«

»Meno soll kriminell sein? Das kann ich nicht glauben«, behauptete Svenja. Nach Wittes Ansicht war sie eine miserable Lügnerin. Er hätte schwören können, dass sie über das Vorleben des Kriminellen Bescheid wusste. Einen Beweis dafür gab es allerdings noch nicht.

»Hat Ihr Freund Ihnen nicht gesagt, wohin er gehen wollte?«, fragte Antje.

Wie auf Kommando schüttelten Kramm und dessen Schwester gleichzeitig die Köpfe. Dem Kommissar fiel plötzlich etwas ein. Er eilte die Treppe hinauf und betrat Pascals Zimmer.

Das Smartphone war fort.

Witte kehrte wieder ins Erdgeschoss zurück. Antje warf ihm einen fragenden Blick zu.

»Wo ist Pascals Handy?«, wollte er von den Geschwistern wissen. Witte sprach laut und eindringlich.

»Ich habe es nicht genommen«, behauptete Svenja.

»Und ich ebenfalls nicht«, ergänzte ihr Bruder. Ob den beiden zu trauen war? Witte hatte seine Zweifel. Und er war sicher, dass es seiner Kollegin genauso ging.

»Ich hoffe, dass Sie sich über den Ernst Ihrer Lage im Klaren sind«, sagte Antje zu den beiden. »Wenn Sie Meno Paal dabei helfen, sich seiner Verhaftung zu entziehen, machen Sie sich der Beihilfe schuldig.«

»Wir wussten nichts von einer Gefängnisstrafe«, gab Svenja gereizt zurück. »Wenn Sie uns nicht glauben, dann ist das Ihr Problem. Für uns ist Meno einfach nur ein guter Kumpel.«

»Bei unserer ersten Begegnung hatte ich einen ganz anderen Eindruck«, sagte die Kommissarin. »Da fanden Sie Ihren guten Kumpel ziemlich kaltherzig, weil er angesichts von Pascals Tod nicht mit der Wimper gezuckt hat.«

Svenja und ihr Bruder tauschten einen Blick, den Witte nicht recht einordnen konnte.

»Jeder Mensch trauert eben anders«, sagte die junge Frau schließlich. Das stimmte natürlich, trotzdem kam Witte der Satz in diesem Moment wie eine nichtssagende Floskel vor.

»Also hat keiner von Ihnen Pascals Smartphone aus dem Zimmer entfernt?«, erkundigte sich die Kommissarin.

»Nein«, erwiderte Kramm.

Es erschien Witte sehr wahrscheinlich, dass Paal bei seiner Flucht das Gerät eingesteckt hatte. Befanden sich darauf womöglich Hinweise, die ihn belasten konnten? Allerdings konnte das Geschwisterpaar Pascals Handy ebenfalls an sich genommen haben. Solange die Inselpolizisten nicht alle Zusammenhänge kannten, waren verschiedene Varianten denkbar.

»Bitte geben Sie uns sofort Bescheid, falls Meno Paal zurückkehrt«, bat Antje. Kramm und seine Schwester versicherten, sich sofort melden zu wollen. Daran hatte der Kommissar allerdings starke Zweifel.

Als Witte und Antje das Ferienhaus verlassen hatten und außer Hörweite des Geschwisterpaars waren, machte er seinem Herzen Luft.

»Die beiden lügen doch wie gedruckt! Und ist dir auch aufgefallen, dass Svenja halbnackt war, als wir hereingekommen sind? Wenn sie und Ole keine Geschwister wären, hätte man sie für ein Liebespaar halten können.«

»Willst du andeuten, dass womöglich Inzest im Spiel ist, Roland? Daran hatte ich auch schon gedacht, aber darum werden wir uns später kümmern müssen. Es ist am wichtigsten, dass wir uns Paal greifen – solange er noch auf Juist ist.«

»Da bin ich ganz deiner Meinung. Heute läuft nur noch eine Fähre spätnachmittags Richtung Norddeich aus, die können wir leicht kontrollieren. Anders sieht es mit dem Flugplatz und dem Yachthafen aus.«

Antje nickte.

»Am besten teilen wir uns auf. Du fährst zum Flugplatz, ich zum Hafen, einverstanden? Vorher drucken wir uns ein paar Exemplare von Paals erkennungsdienstlichem Foto aus, um sie zu verteilen.«

»Einverstanden«, erwiderte Witte.

Nachdem er und seine Kollegin sich auf der Polizeiwache die Bilder besorgt hatten, brach er Richtung Flugplatz auf. Vor seiner Versetzung nach Juist war der Kommissar noch niemals so viel mit dem Rad gefahren. Inzwischen hatte er sich längst an diese Fortbewegungsweise gewöhnt. Die Stille und der relativ geringe Straßenverkehr auf Juist boten ihm die Gelegenheit, auf weiteren Strecken seine Gedanken schweifen zu lassen.

Während er die Dünenstraße entlangradelte, führte er sich die Begegnung mit Paal vor Augen. Der junge Mann hatte sich nicht gerade darum bemüht, unverdächtig zu wirken. Sein Desinteresse an Pascals Tod wirkte fast schon provozierend. Verhielt sich so ein Mann, der nicht in den Fokus der Ermittlungen geraten wollte? Andererseits durfte man nicht den Fehler begehen, jeden Straftäter für einen hochintelligenten Kriminellen zu halten. Und Paals bisheriger Lebenslauf deutete nicht auf geistige Glanzleistungen hin.

Hingegen war es sehr wohl denkbar, dass der Polizeibesuch ihn zu einem überstürzten Aufbruch veranlasst hatte. Ob Paal sich überhaupt noch auf Juist befand?

Witte erreichte den kleinen Flughafen der Insel. Er verteilte die Fotos des Gesuchten und schärfte dem Personal ein, bei Paals Auftauchen sofort die Polizei zu verständigen. Plötzlich klingelte sein Handy. Antje war am Apparat.

»Wo bist du momentan, Roland?«

»Beim Flugplatz. Brauchst du Unterstützung?«

»Nein, das nicht. Ich habe dem Hafenmeister Bescheid gegeben. Er wird die Segler vorwarnen, falls Paal auf die Idee verfällt, sich an Bord eines der Boote schleichen zu wollen. Kannst du sofort hierher kommen? Die Gundis ist jetzt wieder begehbar, und ich habe etwas Interessantes gefunden. Oder besser gesagt: nicht gefunden.«

Der Kommissar wusste, dass seine Kollegin es gern spannend machte. Er versprach umgehend loszufahren und beendete das Telefonat. Auf dem Weg zum Yachthafen ließ er noch einmal im Geist die feuchtfröhliche Nacht mit Tjark Fedder Revue passieren.

Witte mochte den Alten und fand es schmeichelhaft, dass Antjes Vater ihn unbedingt mit seiner Tochter verkuppeln wollte. Und die blonde Kommissarin war ja wirklich eine Frau, wie er sie sich nur wünschen konnte. Doch wie sollte man romantische Gefühle entwickeln, wenn man mitten in einem so komplizierten Fall steckte?

Der Kommissar beschloss, das Flirten auf später zu verschieben. Im Hafen wartete Antje bereits auf ihn. Sie stand winkend auf dem Achterdeck der Gundis. Es war den Männern der Küstenwache wirklich gelungen, das Wrack zu heben. Der Rumpf hatte zwar leichte Schlagseite, doch Kajüte und Aufbauten befanden sich nun eindeutig wieder über der Wasserlinie.

Witte kam an Bord. Antje grinste. Sie machte eine einladende Handbewegung und deutete auf die Luke, die zur Kabine hinabführte.

»Worum geht es denn nun?«, wollte der Kommissar wissen.

»Schau selbst«, meinte seine Kollegin. Die Inselpolizisten stiegen die Stufen hinab. In der Kajüte roch es nach Meerwasser, Tang und Algen. Auf dem Boden befanden sich immer noch große Wasserpfützen. Antje deutete auf die Taucheranzüge sowie die Sauerstoffflaschen, die in einer Ecke gelagert wurden.

»Fällt dir gar nichts auf?«, fragte sie.

»Ich weiß nicht, worauf du hinauswillst, Antje.«

Sie rollte ungeduldig mit den Augen.

»Bei dir fällt der Groschen heute pfennigweise, Rollo. Unsere muntere Tauchertruppe bestand aus vier Personen, aber hier sind nur Anzüge und Ausrüstung für *drei* Leute!«

Kapitel 6

Es entstand eine kurze Pause.

»Im Ferienhaus habe ich keinen weiteren Taucheranzug entdecken können«, sagte Roland. »Also wird zumindest ein Mitglied dieses Quartetts keine Schnorchelabsicht gehabt haben. Ich tippe auf Paal.«

»Wobei wir wieder bei der Frage wären, was ihn mit den drei anderen verbindet«, sagte Antje. »Die Geschwister haben uns belogen, und deshalb sollten wir ihnen Feuer unter dem Hintern machen. Es ist wirklich zum Heulen, dass dieses Smartphone verschwunden ist. Ich wette, dass es wichtige Informationen enthält. Dieser eine Satz, den ich darin gelesen habe, war schon mal sehr vielversprechend.«

»Womöglich können wir auch ohne das Gerät feststellen, welche Informationen darin gespeichert sind«, dachte Roland laut nach.

»Wie willst du das anstellen?«

»Pascal war doch selbstständiger Tischlermeister«, erinnerte der Kommissar. »Ich nehme an, dass er sein Telefon nicht nur privat, sondern auch beruflich genutzt hat. Wenn das so war, könnte er regelmäßig Sicherungskopien gemacht haben, für den Fall eines Verlustes.«

Antje ärgerte sich ein wenig, weil ihr dieser Einfall nicht selbst gekommen war. Sie sagte: »Ja, einen Versuch ist es auf jeden Fall wert. Ich muss ohnehin die Angehörigen des Toten benachrichtigen lassen. Bei der Gelegenheit werde ich mich nach solchen Back-ups erkundigen.«

Die Kommissarin fand es besser, wenn eine Todesnachricht durch einen Polizeibeamten persönlich überbracht wurde. Sie hätte es selbst getan, aber die Familie des Toten wohnte in Jever. Antje hatte momentan keine Zeit, um für diese Aufgabe extra aufs Festland zu fahren.

Sobald die Inselpolizisten wieder in der Dienststelle waren, rief sie auf dem Kommissariat in Jever an und bat darum, diese traurige Pflicht zu erledigen. Außerdem sollten die Kollegen sich nach den Sicherungskopien erkundigen.

Während Antje telefonierte, hatte Roland ein paar Butterbrote für seine Kollegin und sich selbst geschmiert. Die Kommissarin bezweifelte, dass er an dem Tag schon etwas gegessen hatte. Sie blinzelte ihm freundlich zu, als er den Imbiss im Dienstraum servierte.

»Vielen Dank. Meinem Vater würde das Herz aufgehen, wenn er wüsste, wie du mich verwöhnst.«

»Wenn du mit einer Leberwurststulle zufrieden bist, kannst du nicht sehr anspruchsvoll sein«, scherzte Roland. Er bediente sich selbst, dann fuhr er fort: »Wir müssen die Uhr im Auge behalten, damit wir rechtzeitig am Hafen sind. Paal hat heute nur noch eine Gelegenheit, um mit der Fähre abzuhauen.«

»Keine Sorge, daran denke ich schon«, versicherte Antje kauend. »Nachdem wir uns gestärkt haben, sollten wir endlich Ina Jasper auf die Bude rücken. Dann bleibt noch Zeit für eine Patrouillenfahrt durch den Ortskern, bevor wir an der Fährstation Posten beziehen müssen.«

Nachdem die Inselpolizisten ihre kurze Pause beendet hatten, wollten sie wieder losfahren. In diesem Moment klingelte das Telefon. Antje griff nach dem Hörer.

»Moin, Sie sprechen mit der Polizeidienststelle Juist. Was können wir für Sie tun?«

»Ich habe einen Mann in den Dünen entdeckt!«, rief eine Frau. »Ich glaube, er lebt nicht mehr!«

Die Stimme der Melderin zitterte vor Aufregung. Außerdem sprach sie mit einem leichten schwäbischen Dialekt, war also offenbar eine Urlauberin. Dünen gab es auf Juist mehr als genug. Die Kommissarin musste herausfinden, wo genau die Frau sich aufhielt.

»Ich bin Kommissarin Fedder. Sagen Sie mir bitte, wie Sie heißen.«

»Monika Grassinger.«

Antje fand es immer leichter, den Kontakt zu einer Person aufzubauen, die sie mit ihrem Namen ansprechen konnte.

»Wo befinden Sie sich, Frau Grassinger?«

»Das weiß ich nicht, ich bin erst seit drei Tagen auf der Insel. Ich mache gerade eine Radtour, und da habe ich diesen Mann gesehen. Er hat eine blutige Wunde, und ich habe mich nicht getraut, ihn anzufassen.«

»Wir kümmern uns darum«, versicherte die Kommissarin. »Ist da ein prägnanter Punkt in der Nähe?«

»Ein Stück weit rechts vom Weg ist das Ufer eines Sees. Und ich bin vor ungefähr zehn Minuten an einem Restaurant vorbeigekommen, es heißt *Domäne Loog*.«

»Dann sind Sie bei den Hammerdünen, Frau Grassinger. Wir kommen umgehend zu Ihnen.«

Die Kommissarin legte auf. Da der Lautsprecher eingeschaltet gewesen war, hatte Roland alles mitbekommen.

»Womöglich lebt das Opfer noch«, sagte er. »Der Arzt soll uns im Auto mitnehmen, das geht schneller.«

»Das habe ich auch gerade gedacht«, erwiderte Antje. Sie alarmierte den Mediziner und bat darum, dass er sie und Roland vor der Polizeistation abholte. Es dauerte zum Glück nicht lange, bis das Motorengeräusch ertönte. Auf einer autofreien Insel wie Juist war das immer wieder ungewohnt.

Die Ermittler stiegen zu dem Mediziner in den Wagen. Der Arzt gab Gas. In dem Fahrzeug herrschte eine angespannte Ruhe, jeder hing seinen Gedanken nach. Antje fragte sich, ob ein Zusammenhang mit ihrem aktuellen Fall bestand. Gewaltdelikte kamen auf Juist zum Glück relativ selten vor. Allerdings war es nicht gesagt, dass sich überhaupt ein Verbrechen ereignet hatte. Der Mann konnte auch vom

Fahrrad gefallen sein oder eine andere Art von Unfall erlitten haben.

Der Dienstwagen des Arztes raste durch die Hammerseestraße auf den Teil von Juist zu, der Loog genannt wird. Hinter der Domäne Loog ging es mit dem Auto nicht mehr weiter, denn hier hatte die Melderin offenbar einen Wanderweg eingeschlagen.

Antje lief voraus und erblickte schon nach wenigen Minuten eine ältere Frau, die winkend neben einem Fahrrad stand. Nicht weit von ihr lag ein lebloser Körper auf dem Boden. Der kräftige Wind hatte schon etwas Sand auf die Hosenbeine des Mannes geweht.

Roland und der Mediziner mit seiner Arzttasche waren dicht hinter der Kommissarin. Antje sprach die Frau an.

»Moin, sind Sie Monika Grassinger? Mein Name ist Antje Fedder, wir haben telefoniert.«

»Ja, die bin ich«, erwiderte Frau Grassinger mit unverkennbarem Dialekt. »Ich hab an nichts Böses gedacht, und da liegt der arme Kerl plötzlich da im Sand!«

Währenddessen waren Antjes Kollege und der Doktor zu dem Mann weitergeeilt. Der Arzt begann damit, die Vitalfunktionen zu überprüfen. Roland wandte sich der Kommissarin zu:

»Antje, bei dem Verletzten handelt es sich um Meno Paal!«

Monika Grassinger atmete hörbar auf.

»Verletzt, sagen Sie? Dann ist er gar nicht tot?«

Der Mediziner hob den Kopf.

»Der Patient ist bewusstlos, er muss einen schweren Schlag auf den Schädel bekommen haben. Und das kann noch nicht lange her sein, denn das Blut am Hinterkopf ist noch frisch. Wir benötigen eine Trage, um ihn transportieren zu können. Ich fordere den Krankenwagen an.«

Mit diesen Worten griff er zum Handy. Während der Arzt telefonierte, dachte Antje über seine Aussagen nach. Womöglich war der Täter noch in der Nähe.

»Frau Grassinger, sind Ihnen hier noch andere Personen begegnet?«

Die Urlauberin riss die Augen auf, sie wirkte erschrocken.

»Glauben Sie, dass hier so ein hundsgemeiner Strolch umherschleicht?«

»Noch wissen wir nicht, was geschehen ist«, sagte die Inselpolizistin. Sie versuchte, beruhigend zu klingen: »Erzählen Sie uns bitte, ob Ihnen jemand aufgefallen ist.«

Monika Grassinger schüttelte den Kopf.

»Nein, auf dem Weg hierher war alles normal. Kurz hinter dem Gasthaus habe ich einen alten Mann überholt, der mit seinem Terrier spazieren ging. Und dann kam mir noch ein junges Ding entgegen, die hat so freundlich gegrüßt.«

Antje hakte nach.

»Könnten Sie die Frau beschreiben?«

»Sie trug eine Jeanshose und ein orangefarbenes Top, außerdem eine Sonnenbrille. Ihr Haar war lang und dunkel.«

Die Kommissarin warf ihrem Kollegen einen Seitenblick zu. Sie spürte, dass Roland unruhig wurde. Diese Schilderung sagte ihm offenbar etwas.

»Und die dunkelhaarige Frau kam aus Richtung der Hammerdünen?«, vergewisserte Antje sich.

»Ja, ganz bestimmt. Meinen Sie, dass sie den Mann auch gesehen haben müsste? Aber hier gibt es doch verschiedene Wanderwege, und das Gebiet ist sehr unübersichtlich.«

Frau Grassinger konnte sich offenbar nicht vorstellen, dass dieses »junge Ding« etwas mit der Attacke auf den Mann zu tun haben konnte. Antje bedankte sich bei ihr und schaute sich in der Umgebung genauer um. Direkt neben dem bewusstlosen Meno Paal waren schon einige Spuren verwischt worden. Der Arzt musste sich in dem weichen

Sand natürlich hin und her bewegen, während er sich um seinen Patienten kümmerte. Trotzdem waren noch Schuhabdrücke zu erkennen, die von kleineren Füßen stammten. Die Kommissarin winkte ihren Kollegen zu sich heran.

»Die Melderin gibt an, Paal nicht berührt zu haben«, raunte Antje Roland zu. »Also können diese Spuren von der Täterin stammen.«

»Frau Grassingers Beschreibung passt genau auf die Dunkelhaarige, die sich am Yachthafen so sehr für die Gundis interessiert hat«, erwiderte der Kommissar. Die Inselpolizisten wandten sich noch einmal an die Zeugin. Sie vergewisserten sich, ob Monika Grassinger sich Paal wirklich nicht genähert hatte.

»Ich dachte wirklich, dass dort eine Leiche liegen würde«, beteuerte die Touristin. »Wie gesagt, ich fuhr hier mit dem Fahrrad entlang, als ich den Mann entdeckte. Ich rief ihm etwas zu, aber er bewegte sich nicht. Und ich bemerkte die blutige Wunde an seinem Kopf. Da dachte ich, dass er tot sei, und habe Sie gleich alarmiert. Er liegt mindestens zehn Schritte weit vom Weg entfernt, und ich bin die ganze Zeit lang auf dem Pfad geblieben.«

Die Aussage kam Antje glaubhaft vor, und auch Roland schien nicht an Monika Grassingers Worten zu zweifeln. Bei der Polizeiarbeit hatten beide eine Menschenkenntnis entwickelt, mit deren Hilfe sie die meisten Personen schnell und richtig einschätzen konnten. Und diese ältere Dame gehörte nach Ansicht der Kommissarin gewiss nicht zu den Zeitgenossen, die bewusst oder unabsichtlich die Ermittlungen behinderten.

Roland durchsuchte die Taschen des Bewusstlosen. Pascals Smartphone fand er nicht, nur Paals eigenes Handy. Es war ausgeschaltet. In einer Umhängetasche befand sich der Tablet-PC, den der Kommissar als Beweisstück an sich nahm.

Antje schaute sich inzwischen nach Hinweisen auf den Täter oder die Täterin um. Sie konnte im weiteren Umkreis keine Blutspuren entdecken. Die Flecken waren nur dort zu sehen, wo Paal zu Boden gegangen war. Die Inselpolizisten suchten außerdem vergeblich nach einem Gegenstand, der sich als Schlagwaffe eignete. Das musste nichts bedeuten, die Täterin konnte ihn auch mitgenommen haben.

»Sie können Ihre Radtour jetzt gerne fortsetzen«, sagte Antje freundlich zu Monika Grassinger. »Es war sehr gut, dass Sie uns sofort verständigt haben. Allerdings müssten Sie später noch zur Polizeistation kommen, damit wir Ihre Aussage schriftlich niederlegen können.«

»Ich hoffe, dass der Mann wieder gesund wird«, sagte die Urlauberin. Dann schwang sie sich in den Fahrradsattel und fuhr davon. Der Mediziner hatte Paal inzwischen einen Kopfverband angelegt. Es dauerte nicht lange, bis die Sanitäter mit einer Trage erschienen. Paal wurde zum Krankenwagen geschafft, der in der Nähe parkte.

»Soll ich Sie wieder mit zurück in den Ort nehmen?«, fragte der Doktor die Inselpolizisten.

»Könnten Sie uns stattdessen bei der Pension Hagemann absetzen?«, bat Antje.

»Natürlich, kein Problem.«

Während Paal von den Sanitätern in die Arztpraxis geschafft wurde, chauffierte der Arzt die Ermittler zur Warmbadstraße. Dort befand sich schräg gegenüber der Seehund-Apotheke ein gemütliches altes Friesenhaus.

»Ich muss beobachten, wie sich der Zustand des Patienten während der nächsten Stunde verändert«, sagte der Mediziner zum Abschied. »Falls sich sein Zustand verschlechtert, lassen wir ihn besser aufs Festland ausfliegen.«

Antje bedankte sich für die Hilfe. Der Arzt fuhr zu seiner Praxis, und die Kommissarin deutete auf das Gebäude.

»Anna Hagemann hat die Pension von ihrer Mutter übernommen, die voriges Jahr gestorben ist. Ich kenne Anna aus der Schule, sie ist ungefähr in meinem Alter.«

»Ich bin gespannt, ob Ina Jasper in ihrem Zimmer ist«, erwiderte Roland. »Falls sie Paal wirklich totschlagen wollte, könnte sie schon geflohen sein. Das hätte ich zumindest an ihrer Stelle getan.«

»Die Fähre läuft erst in einer Stunde aus, und ob sie so spontan einen Platz im Flieger bekommt, ist eine ganz andere Frage«, gab Antje zurück. »Wir schauen erst hier nach, dann sehen wir weiter.«

Mit diesen Worten betätigte sie den nostalgischen Klingelzug, der sich neben der grün gestrichenen Eingangstür befand. Wenig später wurde ihnen von einer Frau geöffnet, die ihr blondes Haar hochgesteckt trug und eine Schürze umgebunden hatte. Ihr Teint war tiefbraun, wie bei vielen Insulanern, die ganzjährig auf Juist leben. Sie lächelte die Polizistin an.

»Moin, Antje! Das ist ja eine nette Überraschung. Du siehst so ernst aus, seid ihr dienstlich hier?«

»Leider ja«, antwortete die Kommissarin. Sie stellte ihren Kollegen vor, dann sagte sie: »Einen Klönschnack mit Tee und Keksen müssen wir auf einen anderen Termin verschieben, Anna. Ist dein Pensionsgast Ina Jasper anwesend?«

»Ich glaube schon. Meine Gäste haben ja alle einen eigenen Hausschlüssel. Ich habe aber die Diele vor ihrem Zimmer knarren gehört, als ich in der Küche war. Du weißt, dass ich in diesem Haus geboren wurde und aufgewachsen bin. Daher kann ich jedes Geräusch richtig einordnen. Ina hat Zimmer sieben. Kommt doch erst mal rein.«

Die Inselpolizisten betraten den Eingangsbereich. Die Wände waren mit Delfter Fliesen gekachelt, die Bodendielen weiß gestrichen. Neben der Eingangstür stand ein mit verschiedenen Bürsten versehener Fußabtreter, der verhindern sollte, dass zu viel Sand in die Wohnräume getragen wurde. Das funktionierte allerdings nur, wenn man ihn auch benutzte.

Antje sah, dass eine feine Sandspur Richtung Zimmer Nummer sieben führte. Die Pensionswirtin bemerkte ihren Blick und schüttelte den Kopf.

»Manche Urlauber lernen es nie. Ich sage jedem Touristen bei der Ankunft, dass er sich bitte die Schuhe abtreten soll, wenn er ins Haus kommt. An Sand herrscht ja auf Juist nun wirklich kein Mangel. Aber ich rede anscheinend gegen Wände. Entweder vergessen die Leute meinen Hinweis oder sie ignorieren ihn.«

Antje konnte verstehen, dass Anna sich über diese Unsitte ärgerte. Aber in diesem Fall war sie dankbar dafür, dass Ina Jasper sich nicht um die Bitte der Pensionswirtin geschert hatte.

»Braucht ihr meine Hilfe?«, fragte Anna Hagemann.

»Nein, danke.«

»Gut, ihr findet mich in der Küche. Ich will euch nicht im Weg stehen, und ich habe noch jede Menge zu tun.«

Anna Hagemann wandte sich ab, und die Inselpolizisten gingen den Korridor entlang. Es duftete nach frisch gebackenen Hefeteilchen. In dem Haus war es ruhig. Antje konnte sich vorstellen, dass die meisten Gäste bei dem schönen Wetter noch am Strand waren. Ihr Kollege klopfte an die Tür mit der Nummer sieben.

»Frau Jasper? Die Polizei ist hier. Öffnen Sie bitte!«

Roland hatte so laut gesprochen, dass man ihn unmöglich überhören konnte. In dem Zimmer war es totenstill.

»Wir können die Tür auch durch die Wirtin öffnen lassen!«, drohte er. Antje wollte den Kommissar schon darauf hinweisen, dass für eine solche Maßnahme die Beweislage etwas dünn wäre. Doch bevor sie den Satz loswerden konnte, wurde ein Schlüssel im Schloss gedreht.

Eine junge dunkelhaarige Frau stand vor ihnen. Monika Grassingers Beschreibung passte genau auf sie. Die Augen der Verdächtigen waren gerötet, ihr Gesicht aufgequollen. Nach Antjes Meinung lag auf der Hand, dass sie geweint hatte. Die Kommissarin stellte ihren Kollegen und sich selbst vor. Dann fragte Antje: »Sind Sie Ina Jasper?«

»Ja, die bin ich. Was wollen Sie von mir?«

Die Stimme klang rau und brüchig.

»Das möchte ich nicht gern auf dem Flur besprechen, wo jeder uns hören kann.«

Widerwillig ließ die Frau Antje und Roland herein.

»Wir kennen uns«, sagte der Kommissar und schaute ihr direkt ins Gesicht. »Sie haben sich für die versenkte Gundis interessiert, im Yachthafen.«

»Daran kann ich mich nicht erinnern«, behauptete die Verdächtige.

Antje schaute sich im Zimmer um. Es war mit restaurierten traditionellen Holzmöbeln liebevoll eingerichtet worden. Auf den blanken Dielen lag ein gewebter Teppich. Ein Paar feste Schuhe mit Profilsohle standen in einer Ecke neben der Tür. Die Kommissarin war sicher, dass Ina Jasper damit die Spuren in den Hammerdünen hinterlassen hatte.

»Ich möchte gern Ihren Personalausweis sehen«, sagte Antje.

»Wozu soll das gut sein? Meinetwegen, ich habe nichts zu verbergen.«

Ina Jasper griff nach ihrer Handtasche, die auf dem kleinen hölzernen Schreibtisch stand. Die Frau war sichtlich nervös, ihre Hände zitterten. So kam es, dass sie die Tasche fallen ließ. Der Inhalt verteilte sich auf dem Boden. Die Urlauberin gab einen Fluch von sich.

Antje bückte sich, um ihr beim Einsammeln zu helfen. Das Behältnis enthielt den üblichen Krimskrams vieler Frauen-Handtaschen: Papiertaschentücher, Lippenstift, Puderdose, Kamm, Tampons, Geldbörse, angefangene Kaugummipackung und natürlich ein Smartphone. Doch ein Gegenstand fiel der Kommissarin besonders auf. Bevor Ina Jasper es verhindern konnte, nahm Antje sich das Foto.

Es zeigte Pascal Ruffner und Ina Jasper in liebevoller Umarmung.

Kapitel 7

»Geben Sie das wieder her!«, fauchte die Verdächtige. Sie wollte Antje das Bild aus der Hand reißen, aber die Kommissarin trat einige Schritte zurück.

»Der Mann auf diesem Foto heißt Pascal Ruffner. Er wurde möglicherweise ermordet«, stellte sie fest. Daraufhin brach Ina Jasper in Tränen aus. Sie hockte sich auf die Bettkante. Ihre Schultern zuckten. Roland reichte ihr ein Papiertaschentuch. Die Inselpolizisten warteten einige Minuten, bis die Frau sich wieder einigermaßen beruhigt hatte.

»Pascal ist … war mein Freund«, brachte sie schniefend hervor.

»Sie wussten schon, dass er nicht mehr lebt«, sagte Antje ihr auf den Kopf zu. Darauf erfolgte keine Reaktion.

»Wo haben Sie sich heute aufgehalten?«, wollte Roland wissen.

»Ich war am Strand, dann bin ich in mein Pensionszimmer zurückgekehrt.«

»Und bei den Hammerdünen waren Sie nicht?«, hakte der Kommissar nach.

»Ich kenne diese Dünen gar nicht. Ich bin direkt von hier zum Strand gegangen, in der Nähe vom historischen Kurhaus.«

»Hat Sie jemand dort gesehen?«, fragte Antje.

»Ich habe keine Ahnung, heute sind doch viele Leute am Strand.«

»Das ist richtig«, stimmte die Inselpolizistin zu. »Wir haben allerdings eine Zeugin, die Sie bei den Hammerdünen gesehen hat – dort, wo Meno Paal schwer verletzt wurde.«

Ina Jasper zuckte zusammen, als der Name fiel.

»Sie scheinen zu wissen, von wem die Rede ist«, meinte Roland.

»Nein, Sie irren sich.«

»Wir verdächtigen Sie der schweren Körperverletzung an Meno Paal«, sagte Antje förmlich. »Sie müssen keine Aussagen treffen, mit denen Sie sich selbst belasten. Sie haben außerdem das Recht auf einen Anwalt. Folgen Sie uns bitte zur Polizeistation. Wenn Sie keinen Ärger machen, können wir auf Handschellen verzichten.«

»Ich habe nichts Böses getan«, beteuerte Ina Jasper. Doch der Satz klang so, als ob sie sich selbst von seinem Wahrheitsgehalt überzeugen wollte. Antje durchsuchte die Frau nach Waffen und gefährlichen Gegenständen. Sie hatte nichts bei sich, mit dem sie die Polizisten hätte verletzen können. Nach der Leibesvisitation trottete Ina Jasper aus dem Zimmer. Ihre Bewegungen erinnerten Antje in diesem Moment an die einer alten Frau.

Von der Warmbadstraße bis zur Dienststelle waren es zu Fuß nur wenige Minuten. Antje und Roland hatten die Verdächtige in die Mitte genommen, um sie besser im Auge behalten zu können. Ina unternahm keinen Fluchtversuch, sie wirkte lethargisch.

In der Polizeistation durfte die Verdächtige auf Antjes Besucherstuhl Platz nehmen.

»Ich setze jetzt Tee auf«, kündigte die Kommissarin an. »Möchten Sie auch eine Tasse?«

»Ja, danke.«

Die Inselpolizistin stellte auch einen Teller mit Keksen hin. Sie wollte versuchen, zu Ina durchzudringen. Antje rechnete damit, dass diese Frau ihr weiterhin Lügen auftischen würde. Je früher es den Ermittlern gelang, von ihr die Wahrheit zu erfahren, desto eher würden sie Licht in diesen undurchsichtigen Fall bringen können. Während sie Ina von der kleinen Teeküche aus im Auge behielten, besprachen Antje und Roland halblaut ihre Vorgehensweise.

»Die Zeugenaussage von Frau Grassinger ist unsere Trumpfkarte, Antje. Wir sollten auch ein Foto von Ina machen und es den Geschwistern Kramm vorlegen. Wenn Ina wirklich mit Pascal liiert war, müssten sie diese Frau auch kennen.«

»Ja, das ist eine gute Idee. Lass uns aber erst abwarten, ob sie leugnet, die Kramms zu kennen. Außerdem müssen wir herausfinden, in welcher Beziehung sie zu Paal steht. Ich vermute, dass Ina ihn erschlagen wollte, weil sie ihn für den Mörder von Pascal hält.«

»Was er ja möglicherweise auch ist«, gab Antjes Kollege zu bedenken. Die Kommissarin hatte Paal ebenfalls im Verdacht, allerdings gab es für ihren Geschmack zu viele Ungereimtheiten. Warum hatte Paal sich so verdächtig benommen, als die Inselpolizisten ins Ferienhaus gekommen waren? Er konnte sich doch denken, dass er dadurch die Aufmerksamkeit auf sich zog. Und vor allem: Aus welchem Grund hätte er Ruffner erschlagen und die Yacht versenken sollen?

Als der Tee fertig war, brachte Antje der Verdächtigen eine Tasse und setzte sich dann ihr gegenüber auf ihren Bürostuhl. Roland lehnte sich neben ihr gegen die Wand, sodass sie beide die junge Frau ständig im Blickfeld hatten.

»Und Sie sind sicher, dass Sie keinen Rechtsbeistand dabeihaben wollen?«, vergewisserte die Kommissarin sich. »Wir vernehmen Sie als Beschuldigte einer Straftat. Sie stehen im Verdacht, am heutigen Tag Meno Paal in den Hammerdünen eine schwere Kopfverletzung zugefügt zu haben.«

Ina Jasper strich ihr dunkles Haar aus dem Gesicht und nahm einen Schluck Tee. Sie blickte Richtung Fenster. Es kam Antje so vor, als ob sie ihre Umgebung gar nicht richtig wahrnehmen würde. Nach einer Weile öffnete sie den Mund.

»Ja, ich gestehe es. Warum soll ich Ihnen noch etwas vormachen? Nach Pascals Tod ist mir sowieso alles egal. Es tut mir nur leid, dass der Mörder meines Freundes mit dem Leben davongekommen ist.«

Die Kommissarin hakte nach.

»Also gehen Sie davon aus, dass Paal Ihren Freund getötet hat?«

Ina nickte.

»Gibt es dafür Beweise?«, wollte Roland wissen.

»Ich bin sicher, dass er es getan hat. Ich spüre es genau.«

Antje unterdrückte einen Seufzer. Vor Gericht hatten solche Gefühle keinen Wert, doch das sagte sie der Beschuldigten jetzt nicht ins Gesicht. Immerhin hatte Ina zu reden begonnen. Es kam darauf an, den Gesprächsfaden nicht abreißen zu lassen.

»Sie sagen aus, dass Pascal Ruffner Ihr Freund gewesen sei, Frau Jasper. Da frage ich mich doch, warum Sie nicht bei ihm im Ferienhaus gewohnt haben, sondern in der Pension Hagemann.«

Ina Jasper antwortete nicht sofort. Sie senkte den Kopf und drehte unaufhörlich ihre Teetasse in den Händen.

»Pascal hat mit mir Schluss gemacht«, gab sie schließlich zu. »Das war aber nicht ernst gemeint, er hat mich geliebt. Doch dieses blonde Biest hatte ihm völlig den Kopf verdreht!«

»Von wem sprechen Sie?«, wollte Antje wissen, obwohl sie die Antwort ahnte.

»Von Svenja Kramm natürlich!«

»Es wäre am besten, wenn Sie uns die Geschichte von Beginn an erzählen«, schlug Roland vor.

»Ja, wo soll ich am besten anfangen … Pascal und ich waren schon ein Jahr lang zusammen. Wir wollten eigentlich dieses Jahr im Urlaub zusammen nach Ägypten fliegen. Doch vor einigen Monaten begann mein Freund sich zu verändern. Er behauptete, sich das Tauchen im Roten Meer noch nicht zuzutrauen. Dabei ist das völliger Unsinn.«

»Sie betreiben ebenfalls Tauchsport?«

»Nein, Frau Fedder. Trotzdem weiß ich genug darüber. Die bekannten ägyptischen Tauchgründe am Roten Meer sind nicht riskanter als die Badewanne meiner Oma. Ich ahnte, dass etwas anderes dahintersteckte. Pascal begann damit, mich zu hintergehen. Als ich ihn zur Rede stellte, gab er zu, in Svenja verknallt zu sein.«

»Und das konnten Sie nicht akzeptieren?«

»Natürlich nicht, diese eingebildete Schnepfe war doch nichts für meinen Pascal! Ich machte allerdings nicht den Fehler, mich wie eine Klette an ihn zu hängen. Dadurch hätte ich ihn erst recht in ihre Arme getrieben.«

»Trotzdem sind Sie Pascal Ruffner nachgereist«, stellte Antje trocken fest.

»Was hätten Sie denn an meiner Stelle getan? Die Ägypten-Reise war storniert, und ich hatte in den sozialen Medien aufgeschnappt, dass Pascal mit den Kramm-Geschwistern und diesem kriminellen Paal zum Tauchen nach Juist fahren wollte.«

»Ihnen waren Paals Vorstrafen bekannt?«

Ina Jasper schnaubte ironisch, dann nickte sie.

»Wir hatten ja immer noch denselben Bekanntenkreis, und wenn ich etwas herausfinden will, dann klappt das normalerweise auch.«

»Was machen Sie eigentlich beruflich?«, warf Roland ein.

»Ich bin selbstständige Handelsvertreterin für Kosmetikprodukte.«

In diesem Job konnte Ina Jasper sich ihre Zeit relativ frei einteilen und hatte somit genügend Möglichkeiten, um ihrem Freund oder Ex-Freund hinterherzuspionieren. So lautete zumindest Antjes Schlussfolgerung. Die Kommissarin fasste zusammen: »Die Tauchergruppe reiste also nach Juist, sie folgten … und was geschah dann?«

»Ich beobachtete das Ferienhaus«, gab Ina Jasper freimütig zu. »Leider konnte ich nichts Verdächtiges erkennen. Außerdem wusste ich nicht, wann die Taucher mit der Yacht auslaufen würden. Ich nahm an, dass es morgens geschähe, damit sie den ganzen Tag lang Zeit hatten. Doch als ich gegen halb neun zum Yachthafen kam, war die Gundis versunken. Und Sie standen vor dem Wrack und haben Wache gehalten.«

Den letzten Satz richtete die Beschuldigte an Roland.

»Mir ist sofort aufgefallen, dass Sie sich sehr für das versenkte Boot interessiert haben«, sagte er.

»Da wusste ich noch nicht, dass Pascal an Bord war und nicht mehr lebt«, erwiderte sie mit zitternder Stimme. Ihre Augen wurden erneut feucht. Ob diese Aussage glaubhaft war? Antje konnte es sich vorstellen. Die Inselpolizistin nahm der jungen Frau ihre momentane Trauer und Erschütterung durchaus ab. Natürlich war es auch vorstellbar, dass Ina Jasper ihren Ex-Freund umgebracht hatte. Eifersucht konnte immer ein überzeugendes Mordmotiv sein. Dann wäre es aus Sicht der Beschuldigten allerdings sinnvoller gewesen, mit Svenja Kramm abzurechnen.

Antje ermahnte sich selbst, Ina Jasper als Mordverdächtige nicht vorschnell auszuschließen.

»Was haben Sie eigentlich in der Nacht getan, bevor Sie am Morgen zum Hafen gingen?«, wollte die Kommissarin wissen.

»Ich habe in meinem Pensionszimmer geschlafen. Zuerst hielt ich mich noch bei dem Ferienhaus auf. Aber als es mir zu kalt wurde und dort gar nichts mehr passierte, ging ich weg und habe mich ins Bett gelegt.«

»Gibt es Zeugen, die Sie während der Nacht gesehen haben?«, fragte Antje.

»Nein. Mir sind einige Leute aufgefallen, die ihre Hunde ausgeführt haben. Da ich nicht bemerkt werden wollte, habe ich mich dann hinter einem Gebüsch versteckt.«

Noch kannten die Inselkommissare nicht Pascal Ruffners genauen Todeszeitpunkt. Aber da er nach Mitternacht von den Geschwistern und Paal nicht mehr gesehen wurde, konnte man von der zweiten Nachthälfte ausgehen.

»Und wie haben Sie erfahren, dass Ihr Freund tot ist?«, wollte Antje wissen.

»Als die Leute von der Küstenwache mit der Bergung begannen, habe ich aus sicherer Entfernung zugeschaut. Da sah ich, wie ein Leichensack an Land geschafft wurde. Mir blieb fast das Herz stehen. Ich rannte davon, konnte keinen klaren Gedanken mehr fassen. Irgendwann ging ich zum Ferienhaus. Ursprünglich wollte ich klingeln, um mir Gewissheit zu verschaffen. Doch ein Fenster stand offen. Ich konnte Svenja und ihren Bruder belauschen. Ole Kramm war völlig fertig, seine Stimme hörte sich furchtbar an. Er sagte: ›Wenn Pascal nicht mehr lebt, werde ich mir das niemals verzeihen. Dieser Kerl ist brandgefährlich‹.«

Roland beugte sich vor: »Wen könnte er damit gemeint haben?«

»Meno Paal natürlich, wen denn sonst? Ole selbst hat es bestimmt nicht getan, Sie hätten ihn hören müssen! Er klang völlig verzweifelt, Pascal war sein bester Freund. Mehr konnte ich nicht herausfinden, also schlich ich unbemerkt wieder weg. Ich schwor mir, meinen Freund zu rächen.«

»Wie haben Sie Paal gefunden?«

»Ich beobachtete das Ferienhaus, um eine gute Gelegenheit abzupassen. Ich hatte sogar schon an einen Einbruch gedacht. Aber plötzlich kam Paal eilig heraus. Er hatte nur eine kleine Umhängetasche dabei, schien also nicht abreisen zu wollen. Paal lief hinaus in die Dünen, ich folgte ihm. Mein Vorteil war, dass er mich nicht kannte. Ich wusste, wie

Paal aussah, kannte seine Visage von Facebook. Plötzlich bemerkte er mich, drehte sich um. Ich spielte das Dummchen und behauptete, mich verlaufen zu haben. Paal führte mich ein paar Schritte vom Pfad weg. Er behauptete, mir von dort aus den Kirchturm zeigen zu können, zur Orientierung. In Wirklichkeit wollte er mir nur an die Wäsche, schätze ich. Dazu kam es aber nicht. Ich hatte im Hafen so einen Transportring gefunden …«

»Die Dinger sind aus Eisen und ziemlich schwer«, warf Roland ein.

»Damit habe ich zugeschlagen«, gestand Ina Jasper. »Paal war völlig überrascht, er hat sich nicht gewehrt. Ich hätte schwören können, dass er tot ist.«

»Seien Sie froh, dass Sie kein Menschenleben auf dem Gewissen haben«, meinte Antje. »Vorausgesetzt natürlich, dass Ihr Opfer sich erholt. Wollten Sie denn gar nicht wissen, aus welchem Grund Paal Ihren Freund getötet haben könnte?«

»Ich wollte den Mistkerl überrumpeln«, erklärte die junge Frau. »Wenn ich ihn darauf angesprochen hätte, wäre das seine Chance für Gegenwehr oder Flucht gewesen.«

Antje hatte Ina Jaspers Aussage während des Verhörs in den Computer getippt. Jetzt druckte sie die Seiten aus und ließ die Beschuldigte unterschreiben, nachdem sie sich alles noch einmal durchgelesen hatte.

»Sie können gehen«, sagte Roland. »Da Sie einen festen Wohnsitz haben und nicht vorbestraft sind, liegt kein Haftgrund vor. Aber ich rate Ihnen, sich von Svenja Kramm fernzuhalten.«

Ina Jasper stand auf und fuhr sich mit den flachen Händen über das Gesicht.

»Keine Sorge, mit dieser falschen Schlange will ich nichts zu tun haben. Glauben Sie denn wirklich, dass Meno Paal keine Schuld am Tod meines Freundes trägt?«

»Die Untersuchungen laufen noch«, erklärte Antje. »Wir dürfen uns nicht dazu äußern.«

»Ich bin sicher, dass er es getan hat.«

Mit diesen Worten verließ Ina Jasper die Dienststelle.

Kapitel 8

Witte und Antje blickten einander in die Augen.

»Diese schwere Körperverletzung haben wir lehrbuchmäßig aufgeklärt, die Staatsanwaltschaft wird sich über das Geständnis unserer Täterin freuen«, sagte er. »Doch mit der Mordermittlung sind wir kein Stück weitergekommen.«

»Da bin ich anderer Meinung, Roland. Ole scheint zu wissen oder zu ahnen, wer seinen besten Freund umgebracht hat. So würde ich zumindest die Worte verstehen, die Ina belauscht haben will – ›Wenn Pascal nicht mehr lebt, werde ich mir das niemals verzeihen. Dieser Kerl ist brandgefährlich‹. Also gibt es eine Person, der Kramm den Mord an Pascal zutraut.«

»Ja, natürlich – Paal.«

»Aber warum nennt er dann nicht den Namen, sondern spricht von diesem Kerl?«

»Ich würde nicht jedes Wort auf die Goldwaage legen, Antje. Viel wichtiger erscheint mir die Frage nach dem Motiv. Außerdem sollten wir Pascals Tod immer in Tateinheit mit der Versenkung des Bootes betrachten. Womöglich hat der Verbrecher die Gundis einfach nur leckgeschlagen, um die Bluttat zu vertuschen.«

»Das konnte nicht funktionieren, weil die Yacht nicht vollständig gesunken ist.«

»Ja, du als echte Juisterin kennst dich natürlich mit Tiefgang und Wasserlinien und solchen Dingen aus.«

»Das sollte ein Taucher aber auch wissen – ach, du meinst, Paal als Nicht-Schnorchler hätte gehofft, dass das Boot unter der Wasseroberfläche verschwinden würde?«

»Das ist nur ein Indiz, das uns jeder anständige Verteidiger um die Ohren hauen würde«, räumte Witte ein. »Ich hoffe, dass Paal bald aus der Bewusstlosigkeit erwacht und wir ihn dann genauso erfolgreich aushorchen können wie Ina Jasper.«

Bevor Antje etwas erwidern konnte, wurde die Tür der Polizeistation von außen aufgestoßen. Svenja Kramm betrat die Dienststelle. Mit diesem Besuch hatte Witte nicht gerechnet. Und ein Blick in das Gesicht seiner Kollegin bewies ihm, dass es ihr genauso ging.

»Moin, Frau Kramm. Was können wir für Sie tun?«, fragte Witte, nachdem er sich von der Überraschung erholt hatte.

»Ich will mich bei Ihnen erkundigen, ob Sie Pascals Mörder schon verhaftet haben.«

»Nehmen Sie doch bitte Platz, dann redet es sich besser«, gab der Kommissar zurück.

»Ich möchte Sie nicht lange von der Arbeit abhalten …«

»Oh, das Gespräch mit Ihnen gehört zu unserer Arbeit.«

Mit diesen Worten deutete Antje auf ihren Besucherstuhl, der noch kurz zuvor von Ina Jasper belegt worden war. Svenja Kramm setzte sich. Ihr Blick war unstet, sie konnte weder Witte noch Antje in die Augen sehen. Dem Kommissar fiel auf, dass sie sehr stark geschminkt war. Ob sie inzwischen doch geweint hatte und es vor den Polizisten verbergen wollte?

»Noch steht nicht fest, ob es überhaupt ein Tötungsdelikt gegeben hat«, betonte Antje. »Warum wollen Sie so dringend erfahren, ob es eine Verhaftung gab?«

Svenja Kramm seufzte.

»Ich mache mir große Sorgen um meinen Bruder. Pascals Tod hat Ole völlig aus der Bahn geworfen. Er spricht mit sich selbst, vergräbt sich in seinem Zimmer. Ich komme nicht mehr an ihn heran. Und Ole ist voller Hass auf den Mann, den er für Pascals Tod verantwortlich macht. Ich fürchte, dass mein Bruder zur Selbstjustiz greifen könnte.«

»Wer ist dieser Mann, von dem die Rede ist?«, wollte der Kommissar wissen.

»Das weiß ich nicht.«

»Wirklich nicht? Ihr Bruder scheint aber einen bestimmten Verdacht zu haben«, stellte Antje klar.

»Mag sein, darüber spricht er aber nicht mit mir.«

Witte konnte nicht einschätzen, ob Svenja Kramm in diesem Moment die Wahrheit sagte. Er sprach einen anderen Aspekt an.

»Meno Paal wurde von Pascals Ex-Freundin Ina Jasper angegriffen. Sie hält ihn für den Mörder.«

»Diese Frau ist verrückt!«

»Also schließen Sie Meno Paal als Pascals Angreifer aus? Woher wollen Sie das wissen?«

Svenja Kramm schien auf Wittes Fragen keine rechte Antwort zu haben. Schließlich sagte sie: »Ich traue es ihm einfach nicht zu.«

So einen lahmen Satz habe ich schon lange nicht mehr gehört, dachte Witte.

»Ich möchte mit Ihnen über Ihr Verhältnis zu Pascal Ruffner sprechen«, erklärte Antje.

»Wir waren Freunde und Sportkameraden, mehr nicht.«

»Also war Pascal nicht in Sie verliebt?«, hakte Wittes Kollegin nach.

»Doch, leider hatte er diese Gefühle entwickelt. Aber ich habe ihm nie Hoffnungen gemacht, das müssen Sie mir glauben.«

»Also war Pascal ein begeisterter Taucher, genau wie Sie?«

Antjes neue Frage veranlasste Svenja Kramm zu einem Stirnrunzeln.

»Ja, selbstverständlich. Wir sind schließlich wegen eines Tauchurlaubs nach Juist gekommen.«

Antjes Stimme war nun eisenhart.

»Es fällt mir schwer, das zu glauben. Inzwischen wurde die Yacht nämlich gehoben. Und an Bord befanden sich nur *drei* Taucheranzüge mit der dazu passenden Ausrüstung.«

Die junge Frau öffnete den Mund, blieb aber für einen Moment sprachlos. Dann stammelte sie: »Vielleicht ist der vierte Anzug über Bord gespült worden!«

»Sie bleiben also dabei, dass Sie, Ihr Bruder, Pascal Ruffner und Meno Paal gemeinsam tauchen wollten?«

»Ja, selbstverständlich. Das haben wir doch schon ausgesagt. – Wo ist Meno jetzt? Geht es ihm gut?«

»Er wird ärztlich versorgt«, stellte Antje klar. »Sobald er transportfähig ist, wird er auf dem Festland seine Gefängnisstrafe antreten.«

Diese Aussicht schien Svenja Kramm gar nicht zu behagen. Witte war fest überzeugt davon, dass sie über Paals Vorleben Bescheid wusste. Nur beweisen konnte er es nicht.

»Ich habe wirklich Angst davor, dass mein Bruder eine Dummheit macht«, beteuerte Kramms Schwester nach einer kurzen Pause.

»Verdeutlichen Sie ihm, dass die Polizei keine Selbstjustiz duldet«, sagte Antje. »Wir arbeiten mit Hochdruck an der Lösung dieses Falls.«

Svenja fragte, ob sie gehen dürfte. Es gab keinen Grund, sie festzuhalten.

»Ob Kramm wirklich den Mörder seines Freundes kennt?«, dachte Witte laut nach.

Antje zuckte mit den Schultern.

»Vielleicht hat Svenja das nur behauptet, um bei uns auf den Busch zu klopfen, Roland.«

»Die lügen doch alle wie gedruckt! Pascal muss gewusst oder geahnt haben, dass es ihn demnächst erwischen würde. Denke nur an diese Notiz, die du in seinem Smartphone gesehen hast. Womöglich hat er nicht nur in sein elektronisches Tagebuch geschrieben, sondern sich auch einem Menschen aus Fleisch und Blut anvertraut.«

Die Kommissarin schnippte mit den Fingern.

»Natürlich, und zwar seinem besten Freund! Pascal wusste, wer ihm nach dem Leben trachtete. Und wenn er mit Kramm darüber gesprochen hat, wird der die Identität des Mörders ebenfalls kennen.«

Witte nickte.

»Wenn du recht hast, kann Paal nicht der Täter sein. Kramm hätte ihn schon längst töten können, noch bevor Paal aus dem Ferienhaus abgehauen ist. Gelegenheiten hätten sich mehr als genug ergeben, wo doch die beiden unter einem Dach gewohnt haben.«

»Lass uns Paals Tablet-PC checken«, schlug Antje vor. »Vielleicht finden wir darauf Hinweise, die uns weiterbringen. Übrigens ist es doch bezeichnend, dass wir Pascals Smartphone nicht bei ihm gefunden haben. Entweder hat Paal es weggeworfen, oder die Geschwister haben es verschwinden lassen, weil sie sich vor Belastungsmaterial fürchten.«

Witte war einverstanden. Er zog sich Latexhandschuhe über und griff in die Umhängetasche, in der Paal sein Tablet transportiert hatte.

»Hier ist noch mehr drin, ein wasserdichter Umschlag. – Das glaube ich jetzt nicht!«

Mit diesen Worten zog der Kommissar ein durchsichtiges Kuvert hervor, in dem sich mehrere dicke Banknotenbündel befanden. Die Inselpolizisten zählten das Geld schnell durch. Es waren exakt zehntausend Euro.

»Wer nimmt so viel Bares auf eine Tauchtour mit?«, fragte Antje.

»Das Märchen von dem Schnorchel-Urlaub können wir jetzt wohl endgültig abhaken«, meinte Witte. »Ich hoffe, dass uns das Tablet weiterbringt.«

Er wollte den Mini-PC einschalten, scheiterte allerdings schon an der Zugangs-PIN. Der Kommissar kratzte sich im Nacken.

»So ein Mist. Computercodes knacken gehört nicht gerade zu meinen Stärken.«

»Die Aufgabe sollten wir den Kollegen vom Landeskriminalamt überlassen«, schlug Antje vor. »Allerdings wird es eine halbe Ewigkeit dauern, bis wir ein Ergebnis bekommen.«

Das Telefon klingelte. Die Inselpolizistin nahm das Gespräch an. Nach einem kurzen Wortwechsel bedankte sie sich und legte wieder auf. Witte warf ihr einen fragenden Blick zu.

»Der Doktor war am Apparat, Roland. Paal ist bei Bewusstsein. Der Mediziner hat uns erlaubt, kurz mit ihm zu reden.«

»Gut, dann müssen wir die LKA-Spezialisten vielleicht gar nicht bemühen.«

»Deinen Optimismus möchte ich haben«, gab Antje seufzend zurück. »Aber einen Versuch ist es wert.«

Die Ermittler verließen die Dienststelle und fuhren zur Arztpraxis hinüber, die sich in der Nähe vom alten Kurhaus befand. Der Wind hatte aufgefrischt, aber die Temperatur war immer noch angenehm warm. Juist verfügte über ein besonders intensives Licht, das vielleicht mit der Lage weit draußen in der Nordsee zusammenhing. Witte hatte es sofort bemerkt, als er seinen Dienst auf der Insel angetreten hatte. Obwohl es noch nicht lange her war, kam es ihm so vor, als ob er schon sein halbes Leben auf dem »Töwerland« verbracht hatte, wie Juist auch genannt wurde.

Und es lag sicher vor allem an Antje, dass er sich hier schon so heimisch fühlte. Er warf der neben ihm fahrenden Kollegin einen Blick zu und hoffte, dass sie seine Gedanken nicht erraten konnte.

Der Arzt begrüßte die Polizisten mit Handschlag.

»Ich kann Ihnen fünf Minuten gestatten«, sagte er. »Danach braucht der Patient wieder Ruhe.«

Witte und Antje versprachen, sich an die Vorgabe zu halten. Paal lag in einem Krankenbett, sein Kopf war bandagiert. Er schien von dem Polizeibesuch nicht begeistert zu sein.

»Wir wollen es kurz machen, Paal«, begann der Kommissar. »Wir haben Ihre Angreiferin ermitteln können, sie ist geständig. Die Frau glaubt, dass Sie Pascal Ruffner getötet hätten.«

»Die Schnepfe hat doch nicht alle Tassen im Schrank!«, gab Paal mit rauer Stimme zurück. »Ich habe niemanden umgebracht!«

»Sie müssen aber eine Haftstrafe wegen Körperverletzung antreten«, erinnerte Antje. »Und deshalb werden wir Sie aufs Festland schaffen, sobald es möglich ist. Lassen Sie sich nicht einfallen, fliehen zu wollen. Wir befinden uns schließlich auf einer Insel.«

Der Kriminelle verzog den Mund.

»Was Sie nicht sagen! Ja, der ganze Plan war von Anfang an Murks.«

»Von welchem Plan sprechen Sie? Geht es um die zehntausend Euro, die Sie bei sich hatten, nachdem Sie aus dem Ferienhaus abgehauen sind?«

Diese Frage war von Witte gekommen.

»Das sind meine Ersparnisse«, behauptete Paal.

»Schluss mit dem Unsinn«, sagte Antje scharf. »Sie können uns nicht erzählen, dass Sie ein Taucher sind. Ohne Neoprenanzug und Sauerstoffgerät dürfte Ihnen das

Schnorcheln wohl schwerfallen. Was ist der wahre Grund für die Reise mit der Gundis?«

»Ich weiß nicht, wovon Sie reden«, erwiderte Paal mit einem hämischen Grinsen.

Der Arzt betrat den Raum.

»Die Zeit ist um. Ich muss Sie bitten, sich zu verabschieden.«

»Gute Besserung, Paal. Wir kommen wieder«, sagte Witte und tippte mit zwei Fingern gegen seinen Mützenschirm.

»Wann wird Ihr Patient transportfähig sein?«, wollte Antje wissen, nachdem sie das Zimmer verlassen hatten.

»Vielleicht morgen oder übermorgen«, lautete die Antwort.

Die Kommissare kehrten zur Polizeistation zurück.

»Paal ist hartgesotten, der redet nicht«, meinte Witte. »Also müssen wir das Tablet wohl doch nach Hannover schicken. Vielleicht haben wir ja Glück, und die Auswertung geht schnell. Natürlich können wir uns auch die Geschwister noch mal vorknöpfen. Doch solange wir keine Beweise haben, werden Sie bei ihrer Geschichte von dem Tauchurlaub bleiben.«

»Das ist wahr. Wir kommen aktuell nicht weiter, deshalb können wir für heute Feierabend machen.« Antje unterbrach sich selbst und legte den Kopf schief, bevor sie fortfuhr: »Du wolltest nicht zufällig später noch bei meinem Vater einkehren?«

Witte zuckte zusammen.

»Nein, das habe ich nicht geplant.«

»Dann belass es auch dabei. Ich will mir meinen alten Herrn nämlich unter vier Augen vorknöpfen.«

Kapitel 9

Tjark Fedder hatte einen turbulenten Arbeitstag gehabt. Die Juister Kajüte war ein beliebtes Lokal an der Strandpromenade. Die Gäste schätzten die urige Atmosphäre und die zivilen Preise. Außerdem hatte sich herumgesprochen, dass der Wirt ein echter pensionierter Seemann war, der gern ein paar Anekdoten aus seinem bewegten Leben auf allen Weltmeeren erzählte.

Über der Nordsee war die Sonne schon längst untergegangen, als der Wirt für diesen Tag die Stühle hochstellte. Seine Bedienung hatte sich bereits in den Feierabend verabschiedet, als die Tür aufging.

Antje kam herein.

»Moin, Papa.«

Tjark lächelte. Er freute sich immer, wenn er seine Tochter sah. Seit er im Ruhestand war und wieder ganzjährig auf Juist lebte, hatten er und Antje viel mehr Zeit miteinander verbracht als in den Jahren zuvor. Er begriff, dass ihm ein großer Teil ihres Lebens entgangen war.

Besser spät als nie, sagte sich der alte Fahrensmann.

»Möchtest du ein Feierabendbier, Schatz?«

»Ja, das kann ich jetzt brauchen.«

Antje nahm auf einem der Barhocker Platz. Tjark spürte, dass die nun folgende Unterhaltung nicht angenehm werden würde. Er wusste, wie seine Tochter tickte. Und er konnte sich lebhaft vorstellen, aus welchem Grund sie sauer auf ihn war. Er stellte das Bier vor sie hin und schaute sie abwartend an.

»Ich finde es toll, dass du dich mit meinem Kollegen so gut verstehst, Papa.«

»Hör mal, Antje …«

»Nein, lass mich bitte ausreden. Roland ist genau das für mich: ein Kollege. Wir arbeiten gut zusammen, das ist alles.«

»Ihr passt perfekt zueinander, das sagt jeder. Es ist auf einer so kleinen Insel nicht leicht, den richtigen Lebenspartner zu finden.«

Tjarks Tochter nahm einen Schluck Bier.

»Woher weißt du denn, dass ich momentan überhaupt nach einem Mann Ausschau halte? Du musst mich nicht verkuppeln, Papa – und genau das hast du versucht!«

»Ich wollte doch nur …«

Antje kam jetzt richtig in Fahrt, was ihrem ruhigen Temperament eigentlich widersprach.

»Das war nicht richtig, Papa. Ich weiß, dass du es gut meinst. Trotzdem ist es immer noch meine Entscheidung, wen ich heirate. Und ob ich überhaupt den Bund fürs Leben eingehen will. Ich bin vor Scham fast im Boden versunken, als die Bürgermeisterin mir schon einen Hochzeitstermin aufs Auge drücken wollte.«

»Du kennst doch Silke Meester, die übertreibt immer maßlos …«

Die Kommissarin rollte mit den Augen.

»Sie wird sich aber nicht ausgedacht haben, dass Roland und ich heiraten wollen! Diesen Floh hast du ihr ins Ohr gesetzt.«

Tjark Fedder spürte, dass er errötete.

»Da bin ich wohl über das Ziel hinausgeschossen …«

Antje lachte, beugte sich vor und kniff ihrem Vater spielerisch in die Wange.

»Du weißt doch, dass ich dir nie lange böse sein kann. Aber nimm bitte zur Kenntnis, dass ich für mein Privatleben ganz allein verantwortlich bin.«

Tjark Fedder blinzelte seiner Tochter zu.

»Ja, natürlich. Ich werde mich in Zukunft zurückhalten, das verspreche ich dir. Aber jetzt mal ganz unter uns: Roland gefällt dir doch, oder?«

Der Alte bemerkte, dass seine Tochter rote Ohren bekam.

»Wenn ich deine Frage bejahe, wirst du deinem neuen Busenfreund gleich morgen brühwarm davon berichten.«

»So etwas würde ich mir niemals einfallen lassen«, beteuerte der Seebär.

Antje erwiderte nichts, sondern trank ihr Bier aus. Tjark Fedder glaubte schon, dass sie das Thema versanden lassen wollte. Doch nach einer Weile sagte sie: »Naja, er ist schon ein attraktiver Mann – charmant und witzig, und er hat das Herz auf dem rechten Fleck.«

Das klingt ja schon fast wie eine Liebeserklärung, dachte Antjes Vater hoffnungsvoll. Doch sie fügte hinzu: »Wenn du Roland jemals von diesem Gespräch erzählst, sind wir geschiedene Leute!«

***

Der nächste Morgen begann nicht nur mit einem grandiosen Sonnenaufgang über der Nordsee, sondern auch mit Neuigkeiten.

»Der Obduktionsbericht aus Oldenburg ist eingetroffen!«

Mit diesen Worten begrüßte Antje ihren Kollegen, als er die Wache betrat. Wohlwollend nahm sie zur Kenntnis, dass Roland diesmal pünktlich auf die Minute erschienen war. Außerdem schien der Kommissar am Vorabend nicht versumpft zu sein. Sein Gesicht sah nicht danach aus, als ob er etwas Stärkeres als Ostfriesentee zu sich genommen hätte.

Roland ließ sich auf seinen Bürostuhl nieder und schaute seine Kollegin fragend an. Antje war unzufrieden mit sich selbst, weil sie sich ihrem Vater anvertraut hatte. Eigentlich konnte sie sich auf ihn verlassen, er hatte sie noch niemals ernsthaft enttäuscht. Dennoch gefiel es ihr überhaupt nicht, über ihre Gefühle zu reden. Deshalb konzentrierte sie sich nun umso stärker auf ihre Arbeit.

»Der Gerichtsmediziner geht davon aus, dass Pascal durch einen einzigen Schlag mit einem stumpfen Gegenstand ums Leben gekommen ist. Der Todeszeitpunkt wird auf die Zeit zwischen zwei Uhr und zwei Uhr dreißig morgens eingegrenzt. Pascal ist also nicht ertrunken. Er wurde erst getötet, dann hat jemand das Leck geschlagen. Es ist natürlich auch vorstellbar, dass Pascal die Yacht beschädigt hat und dabei von dem Täter überrascht wurde.«

»Also schließt der Leichenbeschauer einen Unfall aus, Antje?«

»Ja, wenn das Opfer gestürzt wäre, hätte die Wunde eine andere Beschaffenheit gehabt. Außerdem ist die Wundfläche zu klein, um zu einem Sturz auf die Treppenstufen oder das Deck zu passen.«

»Jetzt haben wir also endlich Gewissheit«, stellte der Kommissar fest. »Gibt es in dem Bericht auch Einzelheiten zur Tatwaffe?«

»Der Pathologe geht von einem Eisenrohr aus, zumal sich auch minimaler metallischer Abrieb in der Wunde nachweisen lässt.«

»Falls wir die Tatwaffe finden, würde man einen Abgleich vornehmen können?«

»Ja, Roland. Allerdings gehe ich davon aus, dass dieser Gegenstand auf Nimmerwiedersehen in der Nordsee verschwunden ist. Wenn ich die Mörderin wäre, würde ich die Tatwaffe jedenfalls nicht aufbewahren, am besten noch mit meinen Fingerabdrücken darauf.«

Der Kommissar seufzte.

»Jetzt wissen wir immerhin, wie Pascal ums Leben gekommen ist. Wenn wir jetzt noch einen überzeugenden

Tatverdächtigen hätten, wäre mir wohler zumute. Oder glaubst du, dass Paal es getan hat?«

»Für die Tatzeit hat er kein Alibi, aber das trifft auf Ole und Svenja Kramm ebenso zu«, stellte Antje klar. »Paal ist wegen Körperverletzung vorbestraft. Wir wissen also, dass er keine Hemmungen hat, einen Menschen zu verletzen.«

»Solange wir kein überzeugendes Motiv für die Tat haben, tappen wir weiterhin im Dunkeln.«

Antje lächelte.

»Das habe ich bis vor einer halben Stunde auch gedacht. Doch deine Idee mit dem Smartphone-Backup war Gold wert, Roland. Die Kollegen aus Jever haben Kontakt mit Pascals Geschäftspartner aufgenommen. Der hatte tatsächlich eine Kopie der Handydaten, die bis kurz vor Pascals Tod fortlaufend aktualisiert wurde. Sieh selbst!«

Die Kommissarin deutete auf ihren PC-Monitor. Roland kam zu ihr herüber und schaute ihr über die Schulter, wobei er ihr zwangsläufig nahe kam. Das empfand sie als angenehm, wodurch sie sofort wieder an das Gespräch mit ihrem Vater denken musste.

»Wir wussten bereits, dass Pascal ein elektronisches Tagebuch geführt hat«, erinnerte Antje. »*Ich bin der Nächste auf der Liste* – dieser Satz kam mir sehr verdächtig vor. Es scheint so, als ob der *böse Leutnant* schon mehrere Opfer gefunden hat.«

Rolands Stimme klang skeptisch.

»Der böse Leutnant? Wer soll das sein?«

»Einen Namen nennt Pascal leider nicht. Dieses Tagebuch ist ja nur für ihn selbst gedacht gewesen. Ich habe dir die Daten auf deinen Rechner kopiert, du kannst alles noch einmal selbst nachlesen. Diese Eintragungen sind unheimlich, weil wir ja wissen, dass Pascal ermordet wurde. Er muss schon seit Monaten in ständiger Angst vor dem bösen

Leutnant gelebt haben. Manchmal tauchte der Typ unvermittelt auf und bedrohte Pascal.«

»Warum hat der Mann keine Hilfe bei der Polizei gesucht?«

»Davon schreibt Pascal nichts. Er muss diese Person jedenfalls gut gekannt haben. Hier, hör dir diese Stelle an: ›Der böse Leutnant ist unberechenbar, damit muss ich mich abfinden. Die Menschen sind einfach zu vertrauensselig. Niemand hört auf mich. Wenn Karsten vorsichtiger gewesen wäre, dann könnte er noch leben.‹«

»Das ist doch schon mal ein brauchbarer Hinweis«, meinte Roland. »Womöglich gibt es in Jever und Umgebung einen ungeklärten Todesfall, bei dem das Opfer mit Vornamen Karsten heißt. So etwas sollte schnell herauszufinden sein.«

»Daran habe ich auch schon gedacht«, erwiderte Antje. »Als Nächstes sollten wir nach einer Verbindung zwischen Pascal und diesem Karsten Ausschau halten. Dann würde die Aussage mit der Liste nämlich einen Sinn ergeben.«

»Darum kümmere ich mich.«

Mit diesen Worten ging Roland an seinen Schreibtisch zurück und griff zum Telefonhörer. Offenbar gab es im Kommissariat Jever einen Kollegen, den er gut kannte. Nachdem die beiden Polizisten ein paar gemeinsame Erinnerungen ausgetauscht hatten, kam der Kommissar auf sein Anliegen zu sprechen. Offenbar hatte er eine gute Informationsquelle angezapft, zumindest machte er sich fleißig Notizen. Antje kochte währenddessen einen Tee. Sie hatte sich schon vor Rolands Eintreffen intensiv mit den Dateien beschäftigt.

Pascal erwähnte den bösen Leutnant insgesamt fünf Mal, wobei zwischen den einzelnen Einträgen jeweils mehrere Monate lagen. Der längste Abstand betrug ein Jahr. Und stets war nur vom bösen Leutnant die Rede, wenn es um diese Person ging. Handelte es sich womöglich um einen

Angehörigen der Streitkräfte? Die Kommissarin hatte sich schon vorgenommen, den Freundes- und Bekanntenkreis des ermordeten Tischlermeisters nach Armee- und Marineoffizieren zu durchforsten. Dazu war sie allerdings noch nicht gekommen.

Roland riss sie aus ihren Überlegungen, indem er sich am Telefon lautstark bedankte und den Hörer auflegte.

»Was hast du herausgefunden?«, wollte sie wissen.

»Es gibt tatsächlich einen ungeklärten Mord, der sich vor achtzehn Monaten in Jever zugetragen hat. Das Opfer hieß Karsten Dieker.«

»Vor achtzehn Monaten?«, echote Antje. »Um die Zeit hat laut Pascal auch der böse Leutnant wieder einmal sein Unwesen getrieben.«

»Was soll er denn getan haben?«

»Angeblich lauerte er Pascal auf und stieß wüste Drohungen aus. Pascal hat sich dann wohl zwei Tage lang in seiner Wohnung verbarrikadiert. Danach scheint der böse Leutnant verschwunden zu sein, bis er vor zwei Tagen wieder auftauchte.«

»Und zwar auf Juist«, ergänzte Roland, »denn dahin ist der Verdächtige unserer Tauchertruppe offensichtlich nachgereist. Mein Jever-Kontakt erzählte, dass Karsten Dieker frühmorgens von einem Bauern neben einem Feldweg gefunden wurde. Ein Unbekannter hat ihn mit einem Stein erschlagen. Die Kollegen konnten bisher nicht ermitteln, wer es getan haben könnte. Es gab kein Motiv, Karsten Dieker war ein unauffälliger junger Mann. Er verdiente seine Brötchen als Landmaschinenmechaniker. Da er seine Geldbörse und sein Handy noch bei sich hatte, konnte ein Raubmord ausgeschlossen werden. Und nach Tatzeugen sucht man nachts auf einem einsamen Feldweg natürlich ebenfalls vergeblich.«

»Also ist der böse Leutnant ein Psychopath, der willkürlich mordet?«, dachte Antje laut nach.

»Völlig willkürlich wohl nicht«, widersprach ihr Kollege. »Zumindest in dem Fall nicht, wenn er wirklich eine Liste abarbeitet. Also müssen wir herausfinden, was für Gemeinsamkeiten es zwischen Pascal Ruffner und Karsten Dieker gibt.«

Die Ermittler machten sich sofort an die Arbeit. Über die polizeilichen Datenbanken konnten sie auf die offene Ermittlungsakte des Kommissariats in Jever zugreifen. Dort fanden sie auch eine Art Lebenslauf des Mordopfers.

»Pascal und Karsten waren auf derselben Schule«, stellte Antje fest, »sogar im selben Abiturjahrgang. Hier ist eine Liste.«

»Ich zähle insgesamt neunzehn männliche Namen. Es wäre doch interessant, ob einer von ihnen eine militärische Laufbahn eingeschlagen hat.«

Der Kommissar begann damit, die jungen Männer online zu überprüfen. Es dauerte keine Stunde, bis er fündig wurde.

»Was hältst du davon, Antje? Leutnant zur See Malte Scholting, Berufsoffizier der Bundesmarine, Schulkollege sowohl von Karsten Dieker als auch von Pascal Ruffner.«

»Den Herrn Leutnant sollten wir zumindest genauer unter die Lupe nehmen«, meinte die Kommissarin. »Ich versuche mal herauszufinden, wo er aktuell stationiert ist.«

Sie rief beim Standortkommando der Bundesmarine an. Nachdem überprüft worden war, dass es sich bei Antje wirklich um eine Polizeibeamtin mit dienstlichem Interesse handelte, erhielt sie umgehend eine Antwort. Und die fiel ernüchternd aus.

»Für den Mord an Pascal können wir Malte Scholting als Verdächtigen streichen, Roland. Er hat ein wasserdichtes Alibi. Zu der Zeit, als Pascal getötet wurde, war der Herr

Leutnant auf einem Lehrgang für Nachrichtentechnik. Und zwar in Norfolk, Virginia. Das ist ein großer Militärhafen.«

»Und zwar in den Vereinigten Staaten«, ergänzte Roland seufzend. »Von dort kann man sich nicht mal eben kurz loseisen, um auf Juist ein Verbrechen zu begehen. Wir sollten uns nicht an diesem militärischen Rang festbeißen, Antje. Womöglich hatte der Begriff Leutnant für Pascal eine ganz andere Bedeutung, die wir aber nicht kennen. Lass uns noch einmal mit Kramm reden. Er war immerhin Pascals bester Freund. Und wenn wir die Aussage seiner Schwester ernst nehmen, kennt er die Identität des Täters. Darum befürchtet sie ja, dass er das Recht in die eigene Hand nimmt.«

»Kramm wird wieder lügen, dass sich die Balken biegen«, vermutete Antje. »Angenommen, Svenjas Befürchtungen wären berechtigt. Dann müsste sich doch der Mörder noch auf Juist befinden, oder?«

»Ja, natürlich. Andernfalls müsste Kramm die Insel verlassen, um seinen Freund rächen zu können.«

»Also sollten wir, anstatt uns seine Lügengeschichten anzuhören, ihn besser observieren. Dann führt Kramm uns nämlich direkt zum Mörder. Oder zumindest zu der Person, die er dafür hält.«

Kapitel 10

Man sollte meinen, dass eine kleine Insel wie Juist sich für unauffällige Beschattungen nicht besonders gut eignet. Das wäre allerdings nur dann so, wenn ein Polizist die örtlichen Verhältnisse nicht kennt. Doch Antje war auf der Insel aufgewachsen, sie kannte hier jeden Pfad und jedes Dünengras.

Die Kommissare fuhren zum Fahrradparkplatz am Herrenpfad. Von dort aus konnten sie mit ihren Ferngläsern den Abschnitt der Cirksenastraße einsehen, auf dem sich das Ferienhaus befand.

»Sind die Geschwister überhaupt anwesend?«, fragte Roland.

»Zumindest steht ein Leihfahrrad vor dem Haus.«

»Warum die Kramms wohl überhaupt noch auf Juist bleiben?«, überlegte Antje. »Selbst wenn sie für eine Tauchtour auslaufen wollten – die Yacht kann nur noch abgewrackt werden. Oder falls sie wieder richtig auf Vordermann gebracht werden soll, dürfte das ein teurer Spaß werden.«

»Wir glauben doch sowieso nicht, dass sie zum Tauchen hergekommen sind, oder?«

»Nein, Roland, das tun wir nicht. Andererseits: Warum schleppen sie die schwere Ausrüstung mit? Nur, um uns eine Lüge aufzutischen? Sie konnten ja nicht davon ausgehen, dass die Polizei sich überhaupt für die Gundis interessieren würde. Ohne die Versenkung der Yacht und den Mord hätten wir die Gruppe doch gar nicht auf dem Radar gehabt.«

»Wobei ich immer noch nicht verstanden habe, warum das Leck überhaupt geschlagen wurde.«

»Es muss einen Grund geben, der … hey, da regt sich etwas!« Antje unterbrach sich selbst, als Ole Kramm aus dem Haus kam. Er setzte sich auf das Leihrad und fuhr in südlicher Richtung davon.

Die Inselpolizisten folgten ihm mit gebührendem Abstand.

»Die Fähre ist vor einer halben Stunde im Hafen eingelaufen«, erinnerte Antje. »Womöglich will er jemanden treffen, der erst heute auf Juist eingetroffen ist.«

»Das kann ja nicht der böse Leutnant sein, denn nach unserer Einschätzung dürfte der die Insel noch gar nicht verlassen haben.«

»Abwarten und Tee trinken«, gab die Kommissarin zurück. Die Ermittler konzentrierten sich nun auf die Verfolgung, wobei sie darauf achteten, von Kramm nicht bemerkt zu werden. Ein Pferdefuhrwerk bog aus der Friesenstraße in die Strandstraße ein. Antje und Roland blieben hinter dem Gespann, wurden durch den wuchtigen Wagen verdeckt. Natürlich hatten sie auf diese Weise auch keinen Sichtkontakt zu Kramm. Doch die Kommissarin löste sich ab und zu aus dem Windschatten des Karrens, um einen Blick auf die observierte Person zu werfen.

»Er fährt immer noch Richtung Fährhafen, Roland.«

»Ich bin gespannt, wen Kramm treffen will«, erwiderte Antjes Kollege. Vor der Ankunftshalle der Fährreederei hatten sich die ankommenden Urlauber bereits zerstreut. Einige von ihnen wurden mit Pferdewagen abgeholt, andere zogen ihre Rollkoffer zu Fuß Richtung Ortskern. Dadurch entstand ein unverkennbares Geräusch, das jedem Insulaner die Ankunft einer Fähre signalisierte. Etliche Touristen kamen Antje und Roland entgegen. Diejenigen, die den Inselpolizisten erstaunte Blicke zuwarfen, reisten offenbar zum ersten Mal nach Juist. Ansonsten hätten sie gewusst, dass hier sogar die Ordnungshüter mit eigener Muskelkraft unterwegs waren.

Nur einen Steinwurf weit vom Hafenbecken entfernt gab es einen kleinen Parkplatz für Handkarren, die auf Juist

»Wippen« genannt werden. Dort stand ein Mann mit einem großen schwarzen Rollkoffer. Und Kramm fuhr direkt auf ihn zu.

»Jetzt wird es spannend«, murmelte der Kommissar.

Antje und Roland durften nun erst recht nicht bemerkt werden. Sie verbargen sich hinter dem gemauerten Deichschart und behielten die beiden Männer mithilfe ihrer Ferngläser im Auge.

»Ich wüsste zu gern, was die beiden miteinander zu schnacken haben«, sagte Antje.

Der Neuankömmling wirkte nicht wie ein Tourist. Es war schwer vorstellbar, dass er einen Erholungsurlaub auf der Nordseeinsel antreten wollte. Der Mann war groß und breitschultrig, er trug sein dunkles Haar mit Gel straff zurückgekämmt. Unter der teuer wirkenden Lederjacke hatte er ein halb aufgeknöpftes weißes Hemd an. So, wie er breitbeinig vor Kramm stand, strahlte er Dominanz und Ungeduld aus.

Die Männer redeten miteinander. Und obwohl die Inselpolizisten die Worte nicht hören konnten, war die Gestik unverkennbar. Der Fremde hatte etwas Forderndes an sich, seine Handbewegungen erschienen wie angedeutete Angriffe. Kramm befand sich in der Defensive. Abwehrend hatte er die Arme vor der Brust verschränkt. Er wirkte verkrampft und in sich gekehrt. Vermutlich wäre er am liebsten verschwunden.

»Der Gel-Prinz scheint Kramm die Leviten zu lesen«, bemerkte Roland trocken.

»Wollen die etwa zum Yachthafen?«, dachte Antje laut nach. Kramm ließ nun nämlich sein Leihrad zurück und übernahm die Führung, während sein Besucher ihm mitsamt seinem Rollkoffer folgte.

»Wenn dieses Duo an Bord der Gundis will, müssen wir sie daran hindern«, stellte die Inselpolizistin klar. »Der Hafenmeister hat die Yacht nicht für seetüchtig erklärt.«

Antje fragte sich, in was für einer Beziehung Kramm zu dem Unbekannten stand. Freundschaftlich miteinander verbunden konnten die beiden kaum sein, sie hatten sich bei der Begrüßung noch nicht einmal die Hand gegeben.

Die Ermittler schoben nun ihre Räder. Sie folgten den Männern jetzt ganz offen. Die Vermutung war richtig gewesen: Kramm und der Fremde wollten wirklich die Gundis betreten.

»Moin, was soll das denn werden?«, rief Roland.

Die beiden drehten sich zu den Kommissaren um. Der Unbekannte zog die Augenbrauen zusammen.

»Gibt es ein Problem?«, fragte er. Sein herrischer Unterton missfiel Antje. Sie hatte die passende Antwort darauf.

»Ihrem Freund sollte bekannt sein, dass seine Yacht zurzeit nicht auslaufen darf, weil sie beschädigt ist. Ansonsten führen wir eine allgemeine Personenkontrolle durch. Ich hätte gern mal Ihre Ausweispapiere gesehen.«

»Und wenn ich keine Lust habe, sie zu zeigen?«

»Ich diskutiere mit Ihnen keine polizeilichen Maßnahmen«, gab die Kommissarin kalt zurück. »Den Personalausweis, wenn ich bitten darf.«

Der Mann mit der Gelfrisur warf ihr einen drohenden Blick zu, gab dann aber doch klein bei. Er fischte einen Personalausweis aus seiner Jackentasche und überreichte ihn der Inselpolizistin.

»Herr Enzo Skaldi aus Emden«, sagte sie laut und gab das Dokument an Roland weiter, damit er eine POLAS-Abfrage machte. Falls nach Skaldi gefahndet wurde, würde sich das schnell herausstellen. Und wenn in der Vergangenheit bereits gegen ihn ermittelt wurde, informierte die Personenauskunftsdatei darüber.

Kramms Besucher musterte Antje mit einem herausfordernden Blick.

»Ist das die Art, wie auf Ihrer kleinen Insel Fremde empfangen werden?«

Die Kommissarin ließ sich nicht provozieren.

»Wir wissen gern, mit wem wir es zu tun haben. Oder gibt es etwas, das Sie vor uns verbergen wollen?«

Ihr fiel auf, dass Skaldi mit einer Hand stets den Griff seines großen Rollkoffers festhielt. Dabei bestand wirklich keine Gefahr, dass ihm jemand das wuchtige Gepäckstück einfach wegreißen konnte. Abgesehen davon, dass es am Juister Yachthafen nicht von Taschendieben wimmelte. Das konnte Skaldi als Ortsunkundiger allerdings nicht wissen.

Kramm schien sich in seiner Haut immer weniger wohlzufühlen, doch darauf konnte Antje keine Rücksicht nehmen. Während ihr Kollege telefonisch Skaldis Personalien prüfen ließ, wandte sie sich dem Yachtbesitzer zu.

»Wollten Sie wirklich auslaufen, Herr Kramm? Hatten Sie vergessen, dass die Gundis nicht mehr seetauglich ist? In ihrem momentanen Zustand kann sie nur noch zur Werft geschleppt und dort repariert werden. Das dürfte Sie eine schöne Stange Geld kosten, falls Ihre Yacht-Versicherung den Schaden nicht komplett übernimmt.«

Als die Kommissarin das Thema Finanzen anschnitt, warf Kramm Skaldi einen scheuen Seitenblick zu. Das bekam Antje mit, obwohl sie sich äußerlich nichts anmerken ließ.

»Ich muss die Gundis unbedingt wieder in Ordnung bringen lassen«, erklärte Kramm stammelnd. »Sie ist ja schon so lange im Familienbesitz.«

Es kam Antje nicht so vor, als ob Skaldi sich besonders für die Yacht interessieren würde. Was hatten diese beiden Männer miteinander zu schaffen?

»Sind Sie auch ein Freund des Tauchsports?«, fragte sie den Fremden.

»Das geht Sie überhaupt nichts an, finde ich.«

Die Kommissarin ließ sich von der schroffen Antwort nicht beirren.

»Ich bin neugierig, das ist eine Berufskrankheit. Wussten Sie, dass sich hier auf Juist ein rätselhafter Mord ereignet hat? Und zwar an Bord dieser Yacht.«

Sie deutete auf die Gundis. Skaldis Gesichtsausdruck verhieß nichts Gutes. Offenbar hatte er nicht gewusst, dass die Yacht zunächst versenkt und dann wieder gehoben worden war.

Kramm ließ ein gequältes Lächeln sehen.

»Ich habe wohl wirklich die Gefahr unterschätzt, mit der Gundis auszulaufen. Aber es wird mir bestimmt gelingen, kurzfristig ein anderes Boot zu chartern.«

»Wollen Sie die Insel verlassen?«, fragte die Kommissarin direkt.

»Nur für einen kleinen Tauchausflug«, behauptete Kramm. »Ich muss mich vom Tod meines Freundes ablenken.«

»Und Sie haben immer noch keine Ahnung, wer Pascal Ruffner getötet haben könnte?«, bohrte Antje nach. Sie stellte diese Frage bewusst in Skaldis Gegenwart, weil sie dessen Reaktion beobachten wollte.

Kramm schüttelte heftig den Kopf.

»Nein, ich stehe genau wie Sie vor einem Rätsel.«

Antje glaubte ihm nach wie vor nicht, aber momentan war sie ohnehin auf Skaldi konzentriert. Er schaute auf seine protzige Armbanduhr, dann ließ er seinen Blick über den Hafen schweifen. Ob er überlegte, welches der zahlreichen Boote sich für seine Zwecke eignete? Aber worin bestanden sie? Die Kommissarin hatte den Verdacht, dass es gar nicht ums Tauchen ging. Beweise dafür gab es allerdings nicht.

Roland, der ein paar Schritte weit entfernt telefoniert hatte, kam nun wieder zu ihnen und gab dem Fremden seinen Personalausweis zurück.

»Es ist alles in Ordnung, Herr Skaldi.«

»Hatten Sie daran gezweifelt?«, lautete die Antwort. »Es ist unglaublich, was man sich hier bieten lassen muss.«

»Ich werde eine Yacht chartern«, sagte Kramm und warf seinem Gast einen flehenden Blick zu.

»Tun Sie das, ich brauche jetzt erst einmal einen doppelten Espresso.«

»Nur ein paar Schritte von hier entfernt an der Bahnhofstraße finden Sie das *Café Baumanns*«, sagte Antje. »Ihren Rollkoffer können Sie beim Hafenmeister lassen.«

»Nein, danke«, schnarrte Skaldi. »Wenn auf Ihrer so idyllischen Insel schon Morde begangen werden, dann sollte man besser auch mit Gepäckdiebstahl rechnen.«

Mit diesen Worten wandte er sich ab, warf Kramm noch einen kalten Blick zu und ging Richtung Bahnhofstraße.

»Ein reizender Mensch«, murmelte Roland leise.

Die Kommissarin wandte sich an Kramm.

»Haben Sie uns etwas zu sagen?«

Er schüttelte den Kopf.

»Wenn Sie mich jetzt entschuldigen würden … ich möchte ein Boot chartern.«

Kramm eilte davon. Als er außer Hörweite war, fragte Antje: »Was konntest du über Skaldi in Erfahrung bringen?«

»Er hat italienische Eltern, wurde aber in Emden geboren. Als Jugendlicher kam er mehrfach mit dem Gesetz in Konflikt, Autoaufbrüche und Körperverletzung. Er musste als Wiederholungstäter eine Jugendstrafe absitzen.«

»Das dürfte lange her sein, ich schätze ihn auf mindestens vierzig.«

»Skaldi ist zweiundvierzig Jahre alt. Einen Schulabschluss hat er nicht, ist aber seit vielen Jahren erfolgreich als Kredithai tätig. Er verleiht Geld zu Wucherzinsen an hoffnungslose Fälle, denen er mit seinen speziellen Methoden Dampf macht.«

»Lass mich raten, Roland: Die Staatsanwaltschaft wollte ihm schon öfter das Handwerk legen, aber es fanden sich niemals Zeugen, die gegen ihn aussagen wollten.«

»Ja, genau. Offiziell betreibt Skaldi ein bescheidenes Second-Hand-Geschäft.«

»Du hast ja in der kurzen Zeit viel über ihn herausgefunden, Roland.«

»Man tut, was man kann«, gab Antjes Kollege grinsend zurück, wurde aber gleich wieder ernst. »Glaubst du, dass Kramm Schulden bei ihm hat?«

»Darauf würde ich sogar wetten. Als ich das Thema Geld anschnitt, schaute er sofort Skaldi an. Wir sollten mal die Finanzen von Kramms Start-up-Unternehmen überprüfen. Vielleicht geht es ja bei diesem vertrackten Fall um Schulden. Ich weiß allerdings noch nicht, was ich von den zehntausend Euro halten soll, die wir bei Paal sichergestellt haben.«

»Der Inhalt seines Sparstrumpfs ist es nicht, würde ich vermuten.«

Bevor Antje etwas erwidern konnte, klingelte ihr Smartphone. Sie nahm das Gespräch an.

»Wirklich? Wir kommen sofort, Herr Doktor!«

Sie schaltete ihr Gerät wieder aus.

»Ist mit Paal etwas geschehen?«

»So könnte man es ausdrücken, Roland. Er ist aus der Arztpraxis getürmt!«

Kapitel 11

Die Inselpolizisten rasten los.

»Hat Paal vergessen, dass wir uns mitten in der Nordsee befinden?«, rief Witte. »Er hat kein Geld und keine Papiere, wie will er Juist verlassen?«

»So weit hat er womöglich gar nicht gedacht, Roland. Er ist verzweifelt, und das macht ihn gefährlich.«

Die Ermittler erreichten die Praxis, wo sie bereits von dem besorgten Mediziner erwartet wurden.

»Ich habe mich um andere Patienten gekümmert, und als ich wieder in das Krankenzimmer geschaut habe, war der junge Mann fort«, berichtete der Arzt aufgeregt.

»Fehlt bei Ihnen etwas?«, vergewisserte Antje sich. »Ich denke an Geld oder an medizinische Instrumente.«

»Aus dem Raum hat er nichts mitgenommen, allerdings ist das Fahrrad meiner Tochter fort. Der Patient ist aus dem Fenster geklettert, deshalb habe ich seine Flucht nicht sofort bemerkt.«

Die Praxis befand sich im Erdgeschoss eines alten Friesenhauses. Es stellte keine besondere sportliche Leistung dar, es auf diesem Weg zu verlassen. Die Fensterbänke waren traditionell niedrig.

»Wann waren Sie das letzte Mal bei Paal?«, fragte Witte.

»Vor ungefähr einer halben Stunde«, erwiderte der Mediziner.

»Also beträgt der Vorsprung maximal dreißig Minuten«, dachte Antje laut nach. »Wohin wird er sich wenden? Die Norddeich-Fähre können wir ausklammern, die nächste fährt erst wieder am späten Nachmittag. Abgesehen davon, dass er ohne gültiges Ticket gar nicht an Bord kommt. Bleiben also der Yachthafen und der Flugplatz, wenn man die Insel verlassen will.«

»Wie soll er sich als blinder Passagier in ein Flugzeug schleichen?«, meinte der Kommissar zweifelnd. »Da hätte er beim Yachthafen schon bessere Karten.«

»Ich rufe sofort den Hafenmeister an und warne ihn vor.«

Nachdem Antje das getan hatte, sprach Witte sie noch einmal an: »Und wenn wir in eine falsche Richtung denken? Paal ist durch seine Verletzung angeschlagen. Vielleicht will er sich auf der Insel verstecken, bis sich eine bessere Chance für eine Flucht bietet.«

»Einverstanden, aber wo sollte er hin? In der Nebensaison könnte Paal ein leer stehendes Ferienhaus aufbrechen. Doch im Moment ist Juist bis auf das letzte Bett ausgebucht, das weißt du so gut wie ich.«

»Ja, aber Ferienhaus ist ein gutes Stichwort. Wenn er nun in die Cirksenastraße zurückkehrt …«

»… dann könnte Svenja in Gefahr sein«, beendete Antje seinen Satz. »Sie weiß wahrscheinlich ohnehin mehr, als sie zugibt. Los, Beeilung!«

Die Inselpolizisten dankten dem Doktor und fuhren quer durch den Ort zu dem Haus, das Paal zuvor Hals über Kopf verlassen hatte.

»Wir sollten nicht blindwütig hineinstürmen«, meinte Witte, als das Gebäude in Sichtweite war. »Dadurch könnten wir eine Kurzschlussreaktion hervorrufen.«

»Wir sollten uns erst einen Überblick verschaffen, bevor wir etwas unternehmen«, erwiderte Antje.

Sie fuhren nicht bis vor das Ferienhaus der Kramms, sondern ließen ihre Räder hinter der Kreuzung mit der Dünenstraße zurück. Dann näherten die Ermittler sich nicht von der Straße aus, sondern aus Richtung der Parkanlage Wilhelmshöhe. Eine Hecke bot ihnen Deckung, sodass sie sich unbemerkt anschleichen konnten. Durch die großen Panorama-Glastüren des Wohnraums hatten sie einen guten Blick ins Innere.

»Ich kann niemanden sehen«, flüsterte Antje. »Aber Paal scheint tatsächlich dort zu sein. Das Rad dürfte der Arzttochter gehören.«

Sie deutete auf ein blaues Damenrad, das jemand neben dem schmalen Ferienhaus-Garten achtlos weggeworfen hatte.

»Bei dem Verdacht einer Geiselnahme müssten wir eigentlich das SEK anfordern«, stellte Witte leise fest.

»Das ist mir auch bewusst, Roland. Doch bis die Kollegen hier eintreffen, wird es einige Zeit dauern. Außerdem ist die Lage unklar, und wir …«

Sie beendete den Satz nicht, denn in diesem Moment betraten zwei Menschen den Wohnraum. Es waren Svenja Kramm und Meno Paal. Der Straftäter hielt der jungen Frau ein Steakmesser an die Kehle.

»Das scheint jetzt wohl doch ein Fall für die Spezialkräfte zu werden«, murmelte der Kommissar. Antje schüttelte den Kopf.

»Ich schätze, dass Paal mit den Nerven am Ende ist. Bis das SEK eintrifft, kann die Situation eskaliert sein. Wir machen es anders. Du klopfst an der Tür, dadurch wird er hoffentlich abgelenkt. Ich schleiche mich durch den Garten herein. Mit etwas Glück kann ich die Terrassentür geräuschlos öffnen. Wenn wir Paal in die Zange nehmen, können wir die Frau retten und ihn ohne Blutvergießen festnehmen.«

»Dein Wort in Gottes Ohr, Antje. Hoffen wir, dass es funktioniert.«

»Ich verlasse mich ganz auf dich.«

Der Kommissar nickte, eilte davon und schlug über das Nachbargrundstück einen Bogen. Antje blieb währenddessen nicht untätig. Paal hatte der Fensterfront den Rücken zugedreht. Die Inselpolizistin zog ihre Pistole und sprintete durch den schmalen Garten. Ob Svenja sie bemerkt hatte? Das konnte Antje unmöglich einschätzen.

Sie presste sich nun gegen die Ziegelmauer neben der Terrassentür. Antje befand sich jetzt außerhalb von Paals Sichtfeld, zumindest hoffte sie das. Von ihrer Position aus konnte sie die Personen im Haus sogar belauschen.

»Das ist doch Wahnsinn, Meno«, sagte Svenja gerade. »Ich verstehe immer noch nicht, wie du von der Insel fliehen willst.«

»Dabei wirst du mir behilflich sein, Süße. Früher oder später rücken die Bullen hier an, weil sie sich für die Geheimnisse deines Brüderchens interessieren. Dann merken sie, dass ich eine Geisel habe. Und ich kann die Polizei um den kleinen Finger wickeln, weil sie alles tun werden, um dich zu retten.«

»Ja, das könnte klappen. Wenn der böse Leutnant dich nicht vorher erwischt.«

Paals Antwort bestand aus einem Lachen, doch er klang nicht amüsiert.

»Der böse Leutnant? Glaubst du ernsthaft an diesen Kinderschreck?«

»Pascal ist jedenfalls tot. Oder hast du ihn umgebracht, Meno?«

»Ich? Nee, bestimmt nicht. Ich mochte den Schönling nicht, aber warum hätte ich ihm ans Leder sollen? Pascal war mir piepegal. Viel schlimmer finde ich, dass die Yacht leck ist. Sonst wäre ich jetzt schon längst in England. – Verflucht, wer ist das?«

Der Redefluss des Geiselnehmers wurde unterbrochen, weil es laut an der Tür klopfte.

»Ich habe keine Ahnung«, stieß Svenja hervor. Ihre Stimme klang angespannt, was Antje sehr gut nachvollziehen konnte. Es musste ein fürchterliches Gefühl sein, mit einem scharfen Messer bedroht zu werden. Die

Kommissarin hoffte, die junge Frau möglichst bald aus ihrer Zwangslage befreien zu können.

»Frau Kramm? Hier ist die Polizei.«

Witte rief so laut, dass er in dem Wohnraum und auch von Antjes Position aus gut zu hören war.

»Sehr gut, der kommt ja wie bestellt«, zischte Paal Svenja zu. »Wir gehen jetzt gemeinsam zur Haustür und machen auf. Wenn du einen miesen Trick versuchst, stirbst du auf der Stelle!«

Die junge Frau gab einen klagenden Laut von sich, schien aber zu gehorchen. Jedenfalls hörte Antje, wie sich Schritte entfernten. Vorsichtig warf sie einen Blick in den Wohnraum. Die Inselpolizistin sah nur noch Paals Rücken. Der Verbrecher stieß seine Geisel vor sich her Richtung Haustür. Im nächsten Moment waren die beiden aus Antjes Gesichtsfeld verschwunden. Diese Chance musste sie nutzen.

Sie schickte ein Stoßgebet zum Himmel, als sie versuchte, die Terrassentür aufzuschieben.

Und sie war wirklich nicht verschlossen!

Antje glitt leise ins Innere des Hauses und zog die Tür geräuschlos wieder zu. Wo sollte sie sich verstecken? Die beste Möglichkeit bot der Vorhang aus dickem bedruckten Leinenstoff. Natürlich musste die Kommissarin darauf achten, dass ihre Schuhspitzen nicht darunter hervorlugten.

Für andere Möglichkeiten war es jetzt sowieso zu spät. Paal und Svenja kehrten zusammen mit Witte in den Wohnraum zurück.

Kapitel 12

Der Kommissar bemerkte sofort die Angst in Svenja Kramms Augen, als die junge Frau die Haustür geöffnet hatte. Und es gab einen guten Grund für sie, sich zu fürchten. Paal stand einen halben Schritt hinter Svenja und hielt die Spitze seines Messers seitlich auf ihren Hals gerichtet. Der Verbrecher grinste siegessicher.

»Moin, Herr Witte! Was für eine nette Überraschung. Wo haben Sie denn Ihre Kollegin gelassen?«

»Kommissarin Fedder hat einen anderen Einsatz. Legen Sie bitte das Messer weg, Paal. Lassen Sie Frau Kramm gehen, nehmen Sie lieber mich als Geisel.«

Der Täter schüttelte den Kopf.

»Das können Sie vergessen! Hier wird das gemacht, was ich sage, kapiert?«

»Schon gut, kein Grund zur Aufregung.«

Witte war um Svenja besorgt, die sehr blass geworden war. Es schien, als ob sie jeden Moment kollabieren könnte.

»Es wird sich zeigen, ob Sie vernünftig sind«, stieß Paal hervor. »Sie ziehen jetzt Ihre Pistole mit Daumen und Zeigefinger hervor und legen sie vor sich auf den Boden.«

Der Inselpolizist war nicht begeistert von dieser Anweisung, aber momentan hielt der Geiselnehmer alle Trümpfe in der Hand. Also blieb Witte nichts anderes übrig, als seinem Willen nachzukommen. Als die Dienstwaffe auf dem Parkett lag, stieß Paal Svenja an.

»Du darfst dich jetzt auch nützlich machen«, höhnte er. »Nimm dir die Knarre und gib sie mir. Und du solltest besser nicht auf dumme Gedanken kommen!«

Nach Wittes Meinung war die junge Frau viel zu verängstigt, um sich gegen Paal zu wenden. Sie würde ganz gewiss nicht die Pistole auf den Kriminellen richten. Außerdem hätte Svenja sich dafür halb um ihre eigene

Achse drehen müssen. Und bevor das geschah, würde er ihr schon das Messer in den Hals gestoßen haben. Die Geisel gab dem Verbrecher die Pistole. Er steckte sie hinten in seinen Hosenbund.

Witte blieb hoch konzentriert und ließ Paal nicht aus den Augen. Er hoffte nur, dass Antje sich inzwischen Zugang verschafft hatte.

»Vorwärts!«, kommandierte der Geiselnehmer. »Der Bulle geht voraus ins Wohnzimmer, meine kleine Freundin und ich folgen. Dann haben wir Zeit für einen Klönschnack.«

Der Kommissar ließ unauffällig seinen Blick schweifen, als er den weitläufigen Raum betrat. Nichts deutete darauf hin, dass seine Kollegin schon hier war. Ob sie sich noch draußen befand? Witte stellte sich so hin, dass Paal der Fensterfront den Rücken zukehren musste, wenn er den Beamten ansehen wollte.

Der Kriminelle war vorsichtig. Er hielt Abstand zu dem Inselpolizisten, war mehr als eine Armeslänge weit von ihm entfernt. Er nahm Witte jede Chance, ihn zu überrumpeln. Ohne Antje waren seine Chancen minimal.

Wir hätten doch das SEK anfordern sollen, dachte Witte mit einem Anflug von Verzweiflung. *Wenn Svenja etwas zustößt, werde ich mir das niemals verzeihen.*

»Ich gehe nicht in den Knast«, sagte Paal. »Ich will eine hochseetüchtige Motoryacht und einen Skipper. Und der Kahn muss natürlich vollgetankt sein. Außerdem darf das Boot natürlich nicht verfolgt werden.«

Nicht verfolgt? Hat der Kerl noch niemals etwas von Radar gehört?, fragte der Kommissar sich innerlich. Doch es kam nicht darauf an, ob seine Forderung realistisch war. Witte musste nur das Gespräch in Gang halten, bis sich eine Chance bot.

»In Ordnung, Paal. Ich werde Ihre Wünsche an meine Vorgesetzten weiterleiten. Aber Sie wissen, dass wir mit einem Mordfall beschäftigt sind.«

»Na und? Ist das mein Problem?«

»Man wird einen Mörder ungern entkommen lassen. Haben Sie Pascal getötet?«

»Nein, das war ich nicht. Ich hatte überhaupt keinen Grund, ihn umzulegen. – Rufen Sie jetzt endlich Ihren Chef an?«

Obwohl seine Stimme ungeduldig klang, ließ Witte sich nicht beirren.

»Was ist mit den zehntausend Euro, die Sie bei sich hatten?«

»Das Geld war für Ole gedacht, damit er mich auf seiner Yacht nach England bringt. Glauben Sie, ich wollte schnorcheln? Nee, ich wollte lieber in London *untertauchen*, um nicht hinter Gitter zu müssen!«

Paal lachte über seinen eigenen dämlichen Witz. Der Kommissar musste allerdings zugeben, dass die Überlegung aus Sicht des Kriminellen nicht falsch gewesen war. In Großbritannien gab es keine Meldepflicht, man konnte dort besser im Untergrund leben als in den meisten anderen europäischen Ländern. Immerhin hatte der Verbrecher nun eine plausible Erklärung für die hohe Bargeldsumme geliefert, die er bei sich führte.

Paal öffnete den Mund. Ihm war nun offenbar der Geduldsfaden gerissen: »Schluss mit der Plauderstunde, Witte. Sie rufen jetzt sofort Ihren Chef an oder wer immer mir zu meiner Überfahrt nach England verhilft. Wenn Sie nicht spuren, muss ich die Kleine hier ein wenig mit dem Messer kitzeln.«

Da bemerkte Witte seine Kollegin, die geräuschlos hinter dem Vorhang hervorkam. Antjes Anwesenheit gab ihm Auftrieb. Jetzt mussten sie Paal ausschalten, ohne dass die junge Frau dabei verletzt wurde. Antje und Roland arbeiteten gut zusammen, ohne viele Worte verlieren zu müssen. Das war in dieser Lage ganz besonders wichtig.

»Ich rufe jetzt meinen Vorgesetzten an, sehen Sie?«, sagte er laut zu dem Verbrecher. Der Inselpolizist zog sein Smartphone aus der Tasche. Paal atmete aus, seine Messerspitze bewegte sich wenige Zentimeter von Svenjas Kehle weg. Das war der Moment, auf den Wittes Kollegin gewartet hatte.

Antje packte Paals Handgelenk von hinten, während sie ihm gleichzeitig in die Kniekehlen trat. Im selben Moment riss Witte die Geisel in die entgegengesetzte Richtung. Svenja war so überrascht, dass sie das Gleichgewicht verlor und zusammen mit dem Kommissar zu Boden ging.

Antje gelang es, dem Geiselnehmer das Messer zu entwinden. Paal wehrte sich mit Händen und Füßen, doch schließlich schafften es die beiden Inselpolizisten, ihm Handschellen anzulegen. Witte nahm Paal auch seine Pistole wieder ab.

Svenja zitterte am ganzen Körper. Die Anspannung, unter der sie die ganze Zeit lang gestanden haben musste, brach aus ihr hervor. Die Tränen flossen in Strömen über ihre Wangen. Antje nahm sie in die Arme.

»Es ist alles in Ordnung, die Gefahr ist vorbei.«

Roland hatte sich bereits vom Boden erhoben und stellte auch Paal wieder auf die Füße.

»Ich werde diesen Herrn in unsere Arrestzelle schaffen«, erklärte er. »Frau Kramm fühlt sich gewiss besser, wenn sie ihn nicht mehr direkt vor der Nase hat.«

Der Verbrecher hatte den Widerstand aufgegeben, er starrte nur noch dumpf vor sich hin. Antje nickte ihrem Kollegen zu. Sie konnte vor den beiden nicht offen reden, deshalb sagte sie nur: »Kommst du allein mit Paal zurecht?«

»Ja, klar.«

»Ich möchte noch eine Weile bei Frau Kramm bleiben. Wir sehen uns dann später auf der Dienststelle«, erklärte die Kommissarin. Roland nickte ihr lächelnd zu und schob Paal vor sich her aus dem Haus.

Antje genoss für einen Moment die Erleichterung darüber, dass die Geiselbefreiung und Verhaftung unblutig über die Bühne gegangen war. Wieder einmal hatten sie und ihr Kollege sich als ein gutes Team erwiesen. Svenja hatte sich ein wenig beruhigt und trocknete ihre Tränen.

»Was halten Sie davon, wenn ich uns einen Tee koche?«, fragte die Inselpolizistin.

»Das ist eine gute Idee«, gab Kramms Schwester zurück.

Antje ging in die schicke moderne Designerküche voraus, füllte Wasser in den Kocher und stellte ihn auf den Herd. Svenja setzte sich an den Tisch. Sie spielte nervös mit ihrem Armreif.

»Ich hätte es Meno niemals zugetraut, dass er mit dem Messer auf mich losgehen würde.«

Die Kommissarin schaute sie an.

»Aber Ihnen waren seine Vorstrafen bekannt?«

Svenja antwortete nicht gleich.

Antje fuhr fort: »Ich habe Sie und Paal vorhin belauscht, Frau Kramm. Er hat Ihnen gegenüber abgestritten, Pascal Ruffner getötet zu haben. Und Sie sprachen davon, dass der böse Leutnant ihn erwischen würde. Wissen Sie, wer dieser böse Leutnant ist?«

»Mein Bruder kennt ihn, glaube ich. Ole fürchtet sich vor ihm. Der böse Leutnant soll schon einmal jemanden umgebracht haben, zumindest glaubt Ole daran.«

»Sie sprechen von Karsten Dieker?«

Svenja zuckte zusammen.

»Ja, so hieß er! Karsten war ein Schulkollege meines Bruders. Woher kennen Sie den Namen?«

»Das tut jetzt nichts zur Sache. – Frau Kramm, was verbergen Sie vor uns? Sie wollten doch gar keinen Tauchgang vor Juist machen, oder?«

Antjes Frage blieb einige Momente lang unbeantwortet. Die Inselpolizistin goss den Tee auf, dadurch hatte Svenja etwas mehr Zeit für ihre Erwiderung. Kramms Schwester fuhr sich mit beiden Händen durchs Haar. Schließlich brach es aus ihr hervor: »Gut, ich sage ab jetzt die Wahrheit. Meno Paal hat uns zehntausend Euro geboten, wenn wir ihn nach England bringen. Es war geplant, ihn irgendwo an der Küste abzusetzen, sodass er nicht offiziell einreisen musste.«

Die Kommissarin nickte.

»Warum haben Sie sich auf dieses Vorhaben eingelassen?«

»Weil Ole kurz vor dem Bankrott steht! Die Banken haben ihm für sein Start-up-Unternehmen den Geldhahn zugedreht. Die zehntausend Euro von Meno sind auch nur ein Tropfen auf den heißen Stein. Ole hat sich mit so einem zwielichtigen Geldverleiher eingelassen …«

»Sie meinen Enzo Skaldi?«

»Ja, so heißt der Kerl. Ole ist mit den Zinsen in Rückstand geraten, jetzt soll er Skaldi einen Gefallen tun. Worin der besteht, kann ich Ihnen nicht sagen. Ich weiß es selbst nicht. Das müssen Sie mir glauben!«

»Sie wollten Paal an Bord der Gundis nach England schaffen«, sagte Antje. »Also würde jemand, der die Flucht verhindern will, beispielsweise ein Leck in die Yacht schlagen?«

»Daran habe ich noch gar nicht gedacht«, behauptete Svenja. »Sie haben recht. Meno war natürlich sauer, als er von der Havarie erfuhr. Er ist wortlos abgehauen, wahrscheinlich wollte er sich auf eigene Faust durchschlagen.«

»Woher kennen Sie den Mann überhaupt?«

»Jever ist eine kleine Stadt. Meno muss Wind davon bekommen haben, dass Ole finanziell am Abgrund steht. Er kreuzte eines Tages im Büro meines Bruders auf und machte ihm das Angebot, von dem ich Ihnen erzählt habe.«

Die Inselpolizistin runzelte die Stirn.

»Gut, ich verstehe, dass Ihr Bruder wegen seiner finanziellen Lage verzweifelt ist. Aber was für eine Rolle spielen *Sie* bei der ganzen Geschichte?«

Svenja hob die Schultern.

»Ich weiß nicht, wie Sie das meinen. Ich liebe meinen Bruder, ich will ihm helfen.«

Antje beugte sich vor.

»Ehrlich gesagt haben mein Kollege und ich den Eindruck, dass Sie und Ole Kramm mehr füreinander empfinden, als zwischen Geschwistern üblich sein sollte.«

Die junge Frau errötete.

»Ja und nein. Es stimmt, wir lieben uns. Ich war drei Jahre alt, als meine leiblichen Eltern starben. Oles Papa und Mama haben mich adoptiert, somit bin ich auf dem Papier seine Schwester. Wir sind logischerweise nicht blutsverwandt, also können Sie uns keinen Inzest vorwerfen.«

»Mich interessiert vor allem die Aufklärung des Mordfalls«, betonte Antje. »Pascal Ruffner war verliebt in Sie, oder? Hat er Ihnen Ärger gemacht oder Sie sogar bedroht? Wollten Sie ihn deshalb loswerden?«

»Glauben Sie, ich hätte Pascal getötet, weil er sich zwischen Ole und mich drängen wollte? Das ist kompletter Unsinn. Doch selbst wenn es stimmen würde: Warum hätte ich die Gundis versenken sollen? Dadurch wurde meinem Bruder die Chance genommen, zehntausend Euro zu verdienen.«

»Es könnte auch anders gewesen sein«, gab die Kommissarin zu bedenken. »Pascal schlug das Leck, Sie wollten ihn daran hindern. Es kam zum Handgemenge, bei dem Sie ihm den tödlichen Schlag versetzten.«

Svenja schüttelte heftig den Kopf.

»Zugegeben, das wäre möglich. Aber warum hätte Pascal die Gundis am Auslaufen hindern sollen?«

Auf diese Frage fiel Antje keine überzeugende Antwort ein. Svenja fuhr fort: »Pascal war bis über beide Ohren in mich verliebt. Ich habe ihm allerdings nie Hoffnungen gemacht, weil … naja, außer Ole interessiert mich eben kein anderer Mann.«

»Und damit hat Pascal sich abgefunden?«

»Es blieb ihm ja nichts anderes übrig, Frau Fedder. Es ist ehrlich gesagt nicht immer leicht mit Ole. Seine geschäftlichen Sorgen wachsen ihm über den Kopf, dann schließt er sich tagelang ein und will von niemandem gestört werden. Wenn mein Bruder diese Zustände hat, dann ist … war Pascal eine echte Stütze für mich. Aber ich konnte in ihm nicht mehr sehen als einen guten Freund.«

»Sein Tod scheint Ihnen kaum nahegegangen zu sein«, sagte Antje ihr auf den Kopf zu. »Mein Kollege und ich hatten den Eindruck, dass Sie uns Ihre Trauer nur vorspielen.«

Svenja senkte den Blick.

»Das kommt Ihnen bestimmt nur so vor«, murmelte sie. Die Inselpolizistin beugte sich vor.

»Nun mal *Butter bei die Fische*, wie man so schön sagt. Sie verbergen noch etwas vor mir, Frau Kramm.«

»Pascal wollte sich nicht damit abfinden, dass Ole und ich – ein Paar sind. Er drohte mir damit, unser Verhältnis an die Öffentlichkeit zu bringen. Jeder seriöse Reporter hätte nachrecherchiert und festgestellt, dass ich adoptiert wurde und es deshalb keinen echten Inzest gibt. Aber die Geier in den sozialen Medien achten nicht auf solche Feinheiten. Die hätten uns gelyncht.«

Svenja nickte grimmig. Es hatte in der Vergangenheit schon Fälle gegeben, wo Unschuldige von einem virtuellen Mob gejagt worden waren. Die Kommissarin konnte sich lebhaft vorstellen, wie hasserfüllte Gestalten zur Jagd auf das »Blutschande-Paar« aufriefen. Dass Ole und Svenja Kramm nichts Verbotenes getan hatten, spielte dabei keine Rolle.

Und für Kramms kränkelndes Unternehmen wären solche Negativ-Schlagzeilen gewiss der Todesstoß gewesen. Plötzlich betrachtete die Inselpolizistin Kramm in einem ganz anderen Licht.

»Pascal und Ihr Bruder waren doch angeblich beste Freunde«, erinnerte sie.

Die junge Frau nickte.

»Ja, deshalb hat es mich ja auch so geschockt, dass Pascal mir sozusagen die Pistole auf die Brust gesetzt hat.«

»Wann war das?«

»Drei Tage, bevor er … verstarb.«

»Wusste Ihr Bruder, was Pascal vorhatte?«

»Ich habe es ihm jedenfalls nicht erzählt! Sie glauben doch nicht, dass Ole Pascal getötet hat? Sie haben doch erlebt, wie sehr ihn der Tod seines Freundes getroffen hat. Und es war ernst gemeint, dass ich Sie gewarnt habe. Wenn Ole diesen bösen Leutnant in die Finger bekommt, dann garantiere ich für nichts!«

Kapitel 13

Witte war erleichtert, weil der Verhaftete keine Schwierigkeiten machte. Paal schien sich in sein Schicksal gefügt zu haben. Jedenfalls ging er an der Seite des Inselpolizisten vom Ferienhaus zur Dienststelle, ohne Widerstand zu leisten. Andererseits hatte Paal nicht zuletzt durch die Geiselnahme eine Menge krimineller Energie bewiesen. Also blieb Witte auf der Hut.

Wenigstens kamen ihnen auf dem kurzen Weg nicht allzu viele Urlauber entgegen. Manche von ihnen grüßten sogar freundlich. Ob sie glaubten, Paal wäre ebenfalls ein Polizeibeamter, wenn auch in Zivil? Die Handschellen bemerkte jedenfalls niemand, der ihnen entgegenkam. Witte hatte die Gelenke des Festgenommenen hinter dessen Rücken gefesselt.

Paal war schweigsam. Der Kommissar wettete innerlich mit sich selbst, dass er etwas im Schilde führte. Als die beiden Männer die Polizeiwache betreten hatten, wurde der Verbrecher noch einmal gründlich durchsucht. Nun öffnete Paal den Mund.

»Wie geht es jetzt eigentlich weiter?«

»Sie werden auf das Festland überstellt, um Ihre Haftstrafe anzutreten. Wegen der Geiselnahme schreiben meine Kollegin und ich einen Bericht und leiten ihn an die Staatsanwaltschaft weiter. Da können Sie sich auf eine weitere Anklage gefasst machen. Wir wissen ja, wo wir Sie während der nächsten Jahre finden.«

»Sehr lustig, Witte. Und wie wäre es, wenn ich Ihnen Informationen liefere?«

Der Kommissar horchte auf. Seine Berufserfahrung hatte ihn gelehrt, dass Angaben von Kriminellen mit Vorsicht zu genießen waren. Trotzdem durfte man nicht den Fehler begehen, sie von vornherein als Lügen abzustempeln.

»Wenn Sie Fakten liefern, die unsere Ermittlungen voranbringen, dann kann sich Ihre Kooperationsbereitschaft strafmildernd auswirken.«

»Was für ein Glück für mich, dass ich heute in Plauderlaune bin«, spottete Paal.

»Lassen Sie den Unsinn«, wies Witte ihn zurecht. »Zunächst würde mich mal interessieren, woher die zehntausend Euro stammen. Und erzählen Sie mir nicht wieder, dass es sich um den Inhalt Ihres Sparstrumpfs handelt.«

»Nee, das nicht. Ich war an ein paar Raubüberfällen auf Elektronikmärkte im Emsland und im südlichen Ostfriesland beteiligt. Das ist mein Anteil an der Beute.«

Der Inselpolizist hatte von dieser Verbrechensserie gehört. Die Täter gingen immer nach demselben Muster vor. Sie drangen kurz vor Feierabend in den Markt ein, zwangen den Filialleiter zum Öffnen des Tresors und verschwanden in einem gestohlenen Sportwagen mit der Beute. Witte war nicht davon ausgegangen, dass sie jemals auf Juist zuschlagen würden. Allein schon, weil es auf der Insel keine Autos gab.

Er freute sich aber natürlich darüber, wenn er seine Kollegen bei der Aufklärung des Falls unterstützen konnte.

»Sind Sie denn bereit, Ihre Komplizen zu verraten, Paal?«

Der Verbrecher schüttelte heftig den Kopf.

»Nee, das können Sie vergessen. So weit geht mein Entgegenkommen dann doch nicht. Die machen mich kalt, wenn ich ihre Namen nenne. Aber ich liefere Ihnen etwas viel Besseres: Von mir erfahren Sie den wahren Grund für die geplante Fahrt mit der Gundis.«

Witte runzelte die Stirn.

»Das wissen wir doch schon. Kramm sollte Sie in England einschmuggeln und dafür die zehntausend Euro kassieren.«

»Ja, das stimmt. Aber es gibt noch einen Job, den Ole für diesen Kredithai Skaldi erledigen sollte. Sie wissen, wer das ist?«

»Der Herr ist uns bekannt. Sprechen Sie weiter«, erwiderte der Kommissar. Er musste sich eingestehen, dass Paal sein Interesse geweckt hatte.

»Ole hat mir in einem schwachen Moment gebeichtet, was der Geldverleiher von ihm verlangt«, erklärte der Kriminelle. »Es war wohl so, dass Skaldi einen ziemlich großen Batzen Moneten an einen anderen Kerl verliehen hat. Die Rückzahlung verzögerte sich, doch dann wurden Zins und Zinseszins fällig. Und zwar in Form von Goldbarren.«

»Und was hat dieser *andere Kerl*, wie Sie sagen, mit Kramm zu schaffen?«

»Nicht so ungeduldig, Witte. Sie werden gleich alles kapieren. Der andere Kerl, dessen Namen ich nicht kenne, hat sich das Gold durch einen Mord beschafft. Ihre Kollegen auf dem Festland sind natürlich hinter dem Burschen her. Es ist nur eine Frage der Zeit, bis sie die Verbindung zwischen dem Mörder und Skaldi herstellen können.«

»Wenn das Gold bei dem Kredithai gefunden wird, hätte er sehr schlechte Karten«, dachte der Inselpolizist laut nach. Und plötzlich musste er an Skaldis großen Rollkoffer denken, den dieser nicht beim Hafenmeister zurücklassen wollte. Paals Stimme riss ihn aus seinen Überlegungen.

»Skaldi hat Ole in der Hand, er muss nach seiner Pfeife tanzen. Irgendwie muss der Geldverleiher spitzgekriegt haben, dass Ole ein begeisterter Hobbytaucher ist. Also verlangte er von ihm, dass er das Gold an einer sicheren Stelle in der Nordsee versenkt. Kann man sich ein besseres Versteck vorstellen? Ich schätze, Skaldi wollte warten, bis Gras über die Sache gewachsen ist. Dann hätte er die Goldbarren durch Ole oder einen anderen Taucher bergen lassen können. Aber die Versenkung der Yacht hat seine Pläne durchkreuzt. Und meine leider auch.«

Witte überlegte.

War dieses Vorhaben irrsinnig oder genial? Kramm als Sporttaucher konnte garantiert eine Stelle des Meeresbodens ausmachen, die sich leicht wiederfinden ließ und wo weder starke Strömungen noch zu erwartende Versandung Schwierigkeiten machen würden.

Ja, und der Plan ließ sich immer noch ausführen. Kramm konnte seine Taucherausrüstung von Bord der Gundis holen. Wenn er es geschafft hatte, ein anderes Boot zu chartern, war er vielleicht schon mitsamt Goldbarren ausgelaufen. Witte hatte es plötzlich sehr eilig damit, Paal in die Arrestzelle zu sperren. Der Ganove schien zu spüren, wie wichtig seine Informationen waren.

»Kann ich mich jetzt auf eine Haftverkürzung freuen?«

»Darüber entscheidet ein Richter«, erwiderte der Kommissar. »Fürs Erste werde ich Ihnen heute Abend höchstpersönlich ein Schlaflied singen. Und nun ist Schluss mit dem Schwätzchen, ich muss dringend etwas erledigen!«

»Schon klar«, gab Paal zurück.

Witte machte die Tür zu und schloss ab. Als er die Polizeiwache verlassen wollte, kam Antje herein. Ihr Gesichtsausdruck zeigte ihm, dass auch sie wichtige Neuigkeiten hatte.

Kapitel 14

Die Kommissarin war erleichtert, ihren Kollegen zu sehen.

»Roland, du wirst nicht glauben, was ich gerade von Svenja Kramm erfahren habe!«

»Ich will nicht unhöflich sein, aber das kannst du mir unterwegs erzählen. Wir müssen dringend zum Yachthafen und herausfinden, ob Ole Kramm die Insel bereits verlassen hat.«

Antje wusste, dass der Kommissar nicht zu blinder Panikmache neigte. Wenn er aufgeregt war, gab es dafür gewiss einleuchtende Gründe. Also fuhren die Inselpolizisten wieder gemeinsam los. Antje gingen fast die Ohren über, als Roland ihr von den Goldbarren berichtete.

»Ja, das passt zusammen! Zwar wissen wir immer noch nicht, wer die Gundis versenkt und Pascal Ruffner umgebracht hat, doch Skaldi können wir hoffentlich noch einen Strich durch die Rechnung machen. Ich halte übrigens inzwischen Ole für den Mörder seines besten Freundes.«

»Wie kommst du darauf?«

»Svenja hat mir ein paar spannende Dinge erzählt, doch das muss warten.«

Die Kommissare hatten nämlich nun schon den Yachthafen erreicht. Von der Polizeistation war es ohnehin nicht weit, und sie hatten sich jetzt ganz besonders beeilt.

Am Pier suchten sie vergeblich nach Kramm. Der Hafenmeister konnte ihnen auch nicht weiterhelfen.

»Ja, der junge Mann wollte unbedingt eine Yacht chartern«, berichtete er. »Doch die Freizeitkapitäne, die momentan hier sind, möchten ihre Boote selbst nutzen. Die vermieten ihre Wasserfahrzeuge höchstens, wenn sie selbst gar nicht auf Juist sind und keinen Urlaub haben. Er wollte noch ein paar Eigner persönlich ansprechen, aber ich glaube nicht, dass er damit Erfolg haben wird.«

Die Einschätzung des Hafenmeisters war richtig. Die Inselpolizisten sprachen mit mehreren Seglern, die sinngemäß alle dasselbe aussagten:

»Der junge Mann brauchte so dringend ein Boot, als ob sein Leben davon abhinge.«

Nachdem Kramm sein Glück vergeblich versucht hatte, war er verschwunden. In welche Richtung? Dazu gab es widersprüchliche Angaben. Antje erzählte Roland nun von Svenjas Aussage. Der Kommissar pfiff durch die Zähne.

»Ja, diese Informationen belasten den Bruder schwer. Seine eigene Liebe und die Existenz seiner Firma sind ihm wichtiger als das Leben seines besten Freundes. Das ergibt einen Sinn, wobei die Versenkung der Gundis für mich immer noch ein Rätsel darstellt. Weder Ole noch Pascal hatten einen plausiblen Grund dafür.«

»Wir müssen uns jetzt Skaldi vorknöpfen, Kramm suchen und die Schwester in Sicherheit bringen«, stellte Antje fest. Sie rief zunächst Svenja an, deren Mobilnummer sie zuvor notiert hatte.

»Ja?«

»Hier spricht Kommissarin Fedder, Frau Kramm. Hat sich Ihr Bruder bei Ihnen gemeldet?«

»Nein, gibt es etwas Neues?«

»Ich erkläre Ihnen alles später. Ich möchte Sie bitten, ein paar Sachen zusammenzupacken und dann umgehend zur Fährstation zu kommen. Es ist sehr wichtig.«

Svenja schien zu spüren, dass es der Inselpolizistin ernst war. Auf jeden Fall dauerte es keine zehn Minuten, bis sie mit einer Reisetasche in der Hand auf der Bahnhofstraße auf die Ermittler zukam.

»Wir suchen Ihren Bruder«, sagte Roland eindringlich. »Haben Sie eine Idee, wo er sich aufhalten könnte?«

»Nein, er … Sie werden Ole doch nicht wehtun?«

»Wir möchten nur mit ihm reden«, betonte die Kommissarin. »Doch es hat den Anschein, als ob er in großen Schwierigkeiten steckt.«

»Ich weiß ehrlich nicht, wo er sich aufhält. Ich kenne mich auf Juist auch überhaupt nicht aus.«

Ich dafür umso besser, dachte Antje. Sie sagte: »Wir bitten Sie, die Insel mit der nächsten Fähre zu verlassen. Die legt zwar erst in ein paar Stunden ab, aber in der Fährstation sind Sie sicher. Dort sind Menschen, Ihr Bruder wird es nicht wagen, Sie dort anzugreifen.«

Svenja fiel aus allen Wolken.

»Wie kommen Sie darauf, dass er so etwas tun könnte? Ole liebt mich.«

»Ja, aber wir befürchten, dass er aktuell unter einem enormen Stress steht«, erklärte die Kommissarin. »Da muss man mit allen möglichen Reaktionen rechnen.«

Sie erinnerte sich daran, wie Svenja ihr von den Phasen der Niedergeschlagenheit ihres Bruders berichtet hatte. So etwas konnte auch sehr schnell in Aggression umschlagen.

Die junge Frau schien jedenfalls einzusehen, dass sie Juist besser verließ. Nachdem die Ermittler sie zu der belebten Fährhalle begleitet hatten, begaben sie sich zum Café Baumanns.

»Nach Skaldis Ankunft ist keine weitere Fähre gefahren, und ein Flugzeug kriegt man auch nicht so schnell«, meinte Roland. »Freie Zimmer auf der Insel gibt es momentan überhaupt nicht. Also könnte der Kredithai immer noch dort sitzen wie bestellt und nicht abgeholt.«

Mit dieser Vermutung behielt Witte recht. Als die Inselpolizisten das beliebte Traditionslokal betraten, erblickten sie den Gesuchten sofort an einem kleinen Tisch in der Ecke. Skaldi blickte auf, als er die Kommissare bemerkte. Er hatte sich die Zeit offenbar nicht nur mit einem doppelten Espresso vertrieben. Einige leere Schnapsgläser zeugten davon, dass er seinen Ärger mit Hochprozentigem heruntergespült hatte.

»Verfolgen Sie mich?«, fragte er mit schwerer Zunge. »Allmählich werden Sie lästig!«

»Wir werden Sie nicht lange behelligen«, versicherte Antje. »Wir möchten nur einen Blick in Ihr Gepäckstück werfen.«

Der Kredithai zuckte zusammen, hatte sich aber sofort wieder in der Gewalt.

»Das dürfen Sie nicht!«, behauptete er.

»Sie irren«, gab die Kommissarin zurück. »Beim Verdacht auf eine Straftat steht uns selbstverständlich eine Durchsuchung zu. Laut einer Zeugenaussage befinden sich in Ihrem Rollkoffer Gegenstände, die bei einem Kapitalverbrechen eine Rolle gespielt haben.«

Skaldi lachte höhnisch.

»Auf die Zeugenaussage bin ich gespannt!«

Roland riss der Geduldsfaden.

»Mir reicht es mit dem Palaver. Entweder öffnen Sie jetzt Ihren Koffer oder …«

Die Erwähnung des Gepäckstücks reichte schon, um Skaldi die Nerven verlieren zu lassen. Er schnellte von seinem Stuhl hoch, hielt plötzlich eine Stichwaffe in der Hand.

Die übrigen Gäste schrien erschrocken auf, als Antje sein Handgelenk packte und es blitzschnell verdrehte. Die Waffe fiel zu Boden. Die Inselpolizistin kickte sie zur Seite, sodass sie für Skaldi unerreichbar war.

»Ein Einhandmesser!«, rief Roland. »Sie wissen, dass solche Waffen in Deutschland verboten sind?«

Der Kredithai gab ein paar unverständliche Worte von sich und versuchte, Antje abzuschütteln. Doch sie bekam nun auch seinen anderen Arm zu fassen und schaffte es, Skaldi Handschellen anzulegen.

Einige Gäste waren bereits dabei, den Polizeieinsatz mit ihren Smartphones zu filmen. Mit dieser Unsitte hatten sich die Kommissare inzwischen zähneknirschend abgefunden. Roland stellte sich so hin, dass sein Körper den Koffer vor neugierigen Blicken abschirmte. Er öffnete das Gepäckstück. Unter einer Lage Wäsche befanden sich insgesamt acht Goldbarren, jeder von ihnen in Kunststofffolie eingeschweißt. Sie hätten zweifellos eine längere Lagerungszeit im Nordseewasser unbeschadet überstanden.

Stattdessen landet der Fund jetzt in einer polizeilichen Asservatenkammer, dachte Antje voller Genugtuung. Laut sagte sie: »Herr Skaldi, wir verhaften Sie unter dem Verdacht der Beteiligung an einem Tötungsdelikt.«

Bevor der Ganove etwas erwidern konnte, schob sie ihn hinaus. Roland folgte mit dem Rollkoffer, den er inzwischen wieder verschlossen hatte. Dann berieten die Inselpolizisten sich leise.

»Was machen wir mit dem Festgenommenen?«, fragte Antjes Kollege. »Unsere einzige Arrestzelle ist bereits belegt. Und ich möchte nicht, dass Paal und Skaldi aufeinandertreffen.«

»Ich auch nicht, Roland. Weißt du was? Ich rufe die Küstenwache an. Mit etwas Glück ist ein Patrouillenboot in der Nähe und kann ihn mit aufs Festland nehmen. Genau genommen haben die Goldbarren mit unserem Mord auf Juist ja gar nichts zu tun. Hier geht es um ein anderes Tötungsdelikt, also wäre es sinnvoller, wenn die zuständigen Kollegen ihn verhören.«

»Du hast recht, das ist eine gute Idee«, erwiderte der Kommissar. Antje nickte und nahm Kontakt mit der Küstenwache auf. Das Gespräch dauerte nur kurz.

»Wir haben Glück, das Patrouillenboot befindet sich momentan auf Höhe der Kachelotplate und nimmt jetzt Kurs auf den Juister Hafen. Einlaufen kann es wegen der Gezeiten momentan nicht, aber für den Tiefgang eines Schlauchboots reicht der Wasserstand allemal.«

»Sie machen einen großen Fehler, ich werde mich über Sie beschweren!«, drohte Skaldi, der neben den Ermittlern stehend den Wortwechsel verfolgt hatte.

»Das ist Ihr gutes Recht«, sagte Antje. »Ansonsten empfehle ich Ihnen, sich einen Verteidiger zu suchen.«

»Das werde ich auch tun. Und zwar den besten!«

Antje ließ die Worte des Kredithais an sich abperlen. Sie hatte sich während ihrer Jahre als Inselpolizistin ein dickes Fell zugelegt und konnte durch ein paar Sätze nicht aus der Ruhe gebracht werden. Skaldi würde erklären müssen, wie die Goldbarren in seinen Besitz gelangt waren. Womöglich befanden sich sogar die Fingerabdrücke der Räuber auf dem Edelmetall.

Die Kommissarin bat ihren Kollegen, den Kredithai im Auge zu behalten. Sie ging in die Wartehalle der Fährreederei. Dort hockte Svenja Kramm wie ein Häufchen Elend auf einer Bank unweit vom Schalter der Touristinformation. Sie warf Antje einen flehenden Blick zu.

»Gibt es schon etwas Neues von Ole?«

»Nein, Frau Kramm. Er hat versucht, eine Yacht zu chartern. Seitdem wurde er nicht mehr gesehen. Haben Sie eine Idee, wo er sich aufhalten könnte?«

Die junge Frau schüttelte den Kopf.

»Nein, wenn er nicht ins Ferienhaus zurückgekehrt ist, dann bin ich ratlos. Ich hoffe nur, dass er nicht auf den bösen Leutnant trifft und dann verletzt oder getötet wird.«

Antje zog die Augenbrauen zusammen.

»Wissen Sie, was ich denke? Dieser geheimnisvolle Unbekannte, den Sie böser Leutnant nennen, kann ja nicht plötzlich aus dem Boden wachsen wie eine Märchengestalt. Und es ist nicht so ganz einfach, auf diese Insel zu gelangen. Wir wissen eigentlich sehr gut, wer sich auf Juist befindet und wer nicht. Haben Sie den sogenannten bösen Leutnant überhaupt schon einmal zu Gesicht bekommen?«

Svenja Kramm erbleichte. Die Kommissarin bemerkte, dass allein schon das Gespräch über diesen Mann sie ängstigte. Als Kramms Schwester nun wieder den Mund öffnete, sprach sie sehr leise.

»Nein, erblickt habe ich ihn nicht. Aber ich habe ihn einmal gehört.«

»Erzählen Sie mir davon«, forderte Antje.

»Es war vor drei Monaten. Ole und ich waren auf einer Party gewesen, um die Sorgen wegen seines Betriebs zu vergessen. Das ist uns sogar ganz gut gelungen. Ich war müde und bin ins Bett gegangen. Als ich im Halbschlaf war, hörte ich plötzlich die raue Stimme eines alten Mannes. Er brüllte: ›Kramm, du Bastard! Du bist tot, kapierst du? Tot!!!‹ Es war fürchterlich, Frau Fedder. Mir blieb beinahe das Herz stehen. Er war so laut, dass ich glaubte, er würde direkt neben meinem Bett stehen.«

»Und das war nicht so?«

»Nein, zum Glück nicht. Ich saß aufrecht, die Decke hatte ich mir bis zum Kinn hochgezogen. Plötzlich wurde die Schlafzimmertür aufgerissen. Ich schrie vor Schreck. Aber es war kein Fremder, sondern mein Bruder. Er torkelte herein und schloss sofort hinter sich ab. Ich fragte ihn, was geschehen sei. Ole erwiderte: ›Der böse Leutnant ist draußen. Er will mich holen.‹ Ich fragte ihn, woher er den Mann kennen würde. Ole meinte, dass er nicht wüsste, weshalb der böse Leutnant es auf ihn abgesehen hätte. Wir riefen jedenfalls bei der Polizei an, weil wir uns bedroht fühlten. Zehn Minuten später kam ein Streifenwagen. Doch Ihre Kollegen konnten in der Nähe des Hauses keine Menschenseele entdecken. Wahrscheinlich ist der böse Leutnant weggelaufen, als er das Polizeiauto sah.«

Antje überlegte. Falls damals wirklich ein Einsatz stattgefunden hatte, würde die zuständige Dienststelle es protokolliert haben. Auch dann, wenn es zu keinem Ergebnis gekommen war. Svenja Kramm hatte ihre Geschichte sehr glaubwürdig vorgetragen. Oder versuchte sie einfach nur, den Mordverdacht von ihrem Bruder abzulenken? Doch wer sollte Pascal getötet haben, wenn es nicht Ole Kramm gewesen war?

Die Kommissarin führte sich vor Augen, dass Svenja Kramm selbst immer noch genauso unter Verdacht stand. Aber wie sollte man ihr die Tat nachweisen, wenn es keinen Zeugen gab? Ein Geständnis würde Antje wohl kaum von ihr bekommen. Die Inselpolizistin beschloss, dieses Problem auf später zu verschieben. Jetzt kam es darauf an, Ole Kramm zu finden. Womöglich würde er versehentlich entweder seine Schwester oder sich selbst belasten.

Antje rief Kramm auf seinem Smartphone an, doch es war ausgeschaltet. Womöglich hatte er sogar die SIM-Card zerstört und weggeworfen. Für den Erfolg einer Handyortung sah die Kommissarin jedenfalls schwarz.

»Tun Sie mir einen Gefallen?«, fragte sie Svenja Kramm. »Versuchen Sie weiterhin, Ihren Bruder zu erreichen. Er soll sich umgehend bei der Polizeidienststelle auf Juist melden.«

Die junge Frau versprach, sich zu bemühen. Ob sie es wirklich tun würde? Das konnte Antje unmöglich einschätzen. Sie kehrte zu Roland zurück, der immer noch bei dem inzwischen bockig schweigenden Skaldi stand. Die Inselpolizisten mussten sich noch eine halbe Stunde lang gedulden, bis ein Schlauchboot mit Außenborder auf den Hafen zusteuerte. Es war das Beiboot des Patrouillenfahrzeugs der Küstenwache. Antje und Roland brachten die Kollegen kurz auf den neuesten Stand. Dann übernahm die Küstenwache den Verdächtigen sowie den Rollkoffer mit dem Gold.

Kapitel 15

»Wir teilen uns am besten auf«, meinte Antje, während sie dem auslaufenden Schlauchboot hinterherschaute. »Du fährst in Richtung Billpolder, ich mache mich nach Kalfamer auf. Kramm kann sich ja nicht in Luft aufgelöst haben. Wenn wir systematisch suchen, wird er uns früher oder später in die Arme laufen. Womöglich gibt es auch Zeugen, denen er begegnet ist.«

Roland schüttelte den Kopf.

»Die Sache gefällt mir nicht, Antje. Kramm könnte der Mörder seines besten Freundes sein. Willst du ihm wirklich allein gegenübertreten?«

»Was soll das denn heißen?«, brauste sie auf. »Traust du mir das nicht zu?«

»Ich meine nur …«

Aber die Kommissarin ließ ihn nicht ausreden. Sie verabscheute es, wenn jemand ihre beruflichen Fähigkeiten in Zweifel zog.

»Jahrelang musste ich auf Juist ganz allein für Ruhe und Ordnung sorgen, Rollo. Ich habe hier betrunkene Radaubrüder zur Raison gebracht, ohne dass mir jemand dabei das Händchen halten musste.«

»Du hast mich missverstanden, Antje. Ich wollte nur sagen, dass eine Suchaktion mit nur zwei Einsatzkräften nicht sehr effektiv ist. Diese Insel bietet unzählige Versteckmöglichkeiten. Wenn wir ein paar Dutzend Kollegen von der Landesbereitschaftspolizei anfordern, könnten wir Juist systematisch durchkämmen.«

Sie schüttelte den Kopf.

»Das wird nicht nötig sein. Außerdem kennen wir beide uns hier bestens aus. Wenn wir Kramm bis zum Einbruch der Dunkelheit nicht gefunden haben, können wir immer noch neu überlegen.«

»Also gut, aber wir bleiben über die Funkgeräte ständig miteinander in Verbindung.«

Antje würdigte ihn keiner Antwort, sondern schwang sich auf ihr Fahrrad und düste Richtung Osten davon. Ihr Kollege hatte jetzt hoffentlich kapiert, dass er den Bogen nicht überspannen durfte. Wenn sie schon anfing, ihn *Rollo* zu nennen, war das stets ein Alarmsignal.

Die Kommissarin schnaubte ironisch, während sie auf dem Deich Richtung Flugplatz fuhr. Jetzt, wo ihr der frische Nordseewind um die Nase wehte, schämte sie sich bereits für ihre heftige Reaktion. Es entsprach überhaupt nicht ihrem Temperament, so heißblütig zu werden. Und in ihrem Inneren wusste sie ganz genau, weshalb die Dinge diesen Lauf genommen hatten.

Bei jedem anderen Menschen wäre sie beherrscht geblieben, sogar bei ihrem Vater. Doch von Roland wünschte sie sich, dass er sie ernst nahm und respektierte. Warum war ihr das so wichtig?

Sie verschob die Antwort auf diese Frage. Stattdessen versuchte sie, sich in den Flüchtenden zu versetzen. Kramm war ein Taucher und konnte wahrscheinlich mit jeder Motor- oder Segelyacht gut umgehen. Wenn Antje an seiner Stelle wäre, würde sie versuchen, ein Boot zu klauen und Juist auf dem Wasserweg zu verlassen.

Sie stoppte ihr Rad und blickte zurück Richtung Yachthafen. Von der Deichkrone aus hatte man einen Panoramablick auf den Hafen. Andererseits stand man selbst ebenfalls wie auf dem Präsentierteller. Nachts sah die Sache allerdings schon anders aus. Da konnte man sich im Schutz der Finsternis anschleichen und in aller Ruhe überprüfen, in welchen Kabinen Licht brannte und wo nicht. Dann wäre es ein Leichtes, ein Boot auszuwählen, dessen Besatzung sich womöglich gerade in einem der Juister Lokale aufhielt.

Antje war sicher, dass ihre Überlegung richtig war. Allerdings musste Kramm sich bis dahin irgendwo verstecken. Er konnte sich an allen fünf Fingern ausrechnen, dass die Polizei nach ihm suchen würde.

Die Inselpolizistin setzte ihre Fahrt in östlicher Richtung zunächst fort. Sie wollte bis zur äußersten Spitze von Juist gelangen, dort umkehren und sich danach an der nördlichen Strandpromenade genauer umschauen. Als ihr ein Jogger entgegenkam, fragte sie ihn nach einzelnen Personen, die sich am menschenleeren Kalfamer herumgetrieben hatten. Doch der Sportler hatte niemanden bemerkt.

Jenseits des Flugplatzes hatte Antje die Wohnbebauung bereits hinter sich gelassen. Sie bewegte sich nun auf die östliche Aussichtshütte zu. Sie war besonders bei Vogelfreunden beliebt, denn in dem Naturschutzgebiet konnte man Silber- und Heringsmöwen sowie Austernfischer, Seeammern und andere gefiederte Freunde beobachten. Auch Antje betrat jetzt das Gebäude. Sie bemerkte feuchten Sand, der aus den Profilsohlen eines Besuchers gefallen war.

Sie betastete die Körner. Sie konnten noch nicht lange auf den Holzbohlen liegen, andernfalls hätte der Wind den Sand entweder fortgeweht oder trocken geblasen. Natürlich mussten die Spuren nicht zwangsläufig von Kramm stammen. Jeder andere Wanderer hätte sie ebenfalls hinterlassen können.

Andererseits wäre die Aussichtshütte ein hervorragender Platz, um auf den Einbruch der Nacht zu warten und dann zum Yachthafen zurückzukehren. Antje war in ihrer blauen Uniform auf dem Fahrrad schon von Weitem als Polizistin zu erkennen. Als der Verdächtige sie bemerkte, hatte er genügend Zeit, um weiter in Richtung Osten zu fliehen. Andernfalls wäre er ihr nämlich entgegengekommen.

Antje bewegte sich nun auf dem Salzwiesenlehrpfad. Sie überlegte einen Moment lang, Roland anzufunken, entschied sich dann aber dagegen. Noch gab es keinen Beweis dafür, dass Kramm sich in der Nähe befand. Sie wollte nicht die Pferde scheu machen.

Und schließlich erreichte sie den breiten Strand, hinter dem nur noch die Brandung der Nordsee zu erkennen war. Die Sicht war gut, jenseits der Fließrinne des Kalfamergatts befand sich die Nachbarinsel Norderney. Doch nur ein Wahnsinniger wäre auf die Idee gekommen, dorthin zu schwimmen. Die Strömungen machten ein solches Unternehmen zum Selbstmord-Kommando.

Antje sah in nördlicher Richtung einen schwarzen Punkt an der Wasserlinie. Er war zu weit entfernt, um erkennen zu können, ob es sich um einen Menschen handelte. Sie stapfte los. Das Fahrrad führte sie am Lenker mit sich, in dem weichen Sand nützte es ihr nichts mehr. Der Wind wehte heftig, die Kommissarin blinzelte die winzigen Körner weg. Sie hatte ihre Mütze so tief ins Gesicht gezogen, dass der Schirm mit ihren Augenbrauen beinahe eine Linie bildete.

Ihr Jagdtrieb war erwacht. Je näher sie kam, desto klarer erkannte sie, dass vor ihr ein Mensch stand. Er hatte das Gesicht dem Meer zugewandt, war offensichtlich fasziniert von dem Naturschauspiel der anbrandenden Wogen, die sich auf dem flachen Untergrund brachen und Gischt auf den Strand sprühten.

Es war Kramm.

Er trug dieselbe Kleidung, die er bei dem Zusammentreffen mit Skaldi angehabt hatte. Konnte es wirklich sein, dass er die sich von hinten nähernde Inselpolizistin noch nicht bemerkt hatte? Ja, das war möglich. Die einzigen Geräusche stammten von den Möwen, die in der Luft zu stehen schienen, und von den Wellen.

Antje kam weiterhin fast lautlos näher. Sie stand jetzt hinter Kramm, nur noch wenige Schritte von ihm entfernt. Ob sie ihre Pistole ziehen sollte? Das erschien ihr übertrieben, zumal er keine Waffe in den Händen hielt. Er stand weiter mit herunterhängenden Armen da, schien seine Umgebung überhaupt nicht wahrzunehmen.

»Herr Kramm?«

Die Kommissarin hatte ihre Stimme erhoben. Er musste sie vernommen haben, trotz der Geräuschkulisse. Doch er rührte sich nicht.

»Herr Kramm, ich bin es, Kommissarin Fedder. Ich rede mit Ihnen!«

Es erfolgte immer noch keine Reaktion. Was bezweckte er damit? Glaubte der Verdächtige, dass sie einfach verschwinden würde, wenn er sie nicht beachtete?

Nun drehte er sich langsam um die eigene Achse, zu ihr hin. Antje erschrak, weil seine Gesichtszüge von Hass verzerrt waren. Das Haar hing ihm wirr ins Gesicht, die blutunterlaufenen Augen starrten die Inselpolizistin kalt an.

»Kramm ist jetzt endgültig tot.«

Die Stimme, die aus seinem Mund drang, war tief und rau, sie schien von einem viel älteren Mann zu stammen. Da begriff die Kommissarin, was geschehen war.

Sie hatte den bösen Leutnant vor sich.

Bevor sie diesen Gedanken weiterführen konnte, stürzte er sich auf sie. Seine Finger gruben sich in Antje Kehle. Sie hielt immer noch mit der linken Hand den Fahrradlenker, was vermutlich ein Fehler gewesen war. Jedenfalls konnte sie die Attacke nicht schnell genug abwehren.

Die Inselpolizistin landete rückwärts im Sand. Ihr Widersacher hatte seine Hände um ihren Hals gelegt und drückte mit großer Kraft zu. Sie würde innerhalb kürzester Zeit das Bewusstsein verlieren, und das wäre ihr Ende. Der böse Leutnant würde so lange weitermachen, bis kein

Funken Leben mehr in ihr war. Sie musste plötzlich an Roland denken und daran, dass er recht gehabt hatte. Wären die beiden Ermittler zusammen losgezogen, hätten sie dem übergeschnappten Kramm jetzt bereits Handschellen anlegen können.

Doch Roland würde sich gewiss nicht darüber freuen, dass seine Einschätzung richtig gewesen war. Nicht, wenn der Beweis dafür in Antjes Ermordung lag. So weit war es allerdings noch nicht, auch wenn nicht viel daran fehlte. Sie musste jetzt dringend etwas unternehmen. Zum Glück war der Angreifer ganz darauf konzentriert, sie zu erwürgen. Er bemerkte nicht, dass sie mit der rechten Hand nach ihrem Pistolenholster griff und die Waffe zog.

Sie begriff, dass sie nur einen Versuch haben würde. Dafür sparte sie sich ihre ganze verbliebene Kraft auf. Sie umfasste den Griff ihrer Dienstpistole so fest wie möglich und drosch ihn dann mit voller Wucht gegen die Schläfe des Mannes.

Damit hatte er nicht gerechnet.

Nun war es der böse Leutnant, der nach Luft schnappte. Einen kurzen Moment lang befürchtete Antje, dass sie nicht fest genug zugeschlagen hätte. Doch dann verdrehte er die Augen so weit, dass nur noch das Weiße zu erkennen war. Er kippte bewusstlos zur Seite.

Die Inselpolizistin sog gierig kühle Nordseeluft in ihre Lungen. Sie rappelte sich auf, löste mit zitternden Fingern die Handschellen von ihrem Gürtel und war erst erleichtert, als sie die Hände des bösen Leutnants gefesselt hatte. Dann griff sie zum Funkgerät.

»Roland?«, krächzte sie. »Ich könnte jetzt deine Unterstützung gebrauchen.«

***

»Der Kehlkopf und die Halswirbelsäule sind unverletzt geblieben, aber Sie werden noch durch ein paar unübersehbare Hämatome an diesen Einsatz erinnert werden.«

Diesen Satz gab der Arzt von sich, als er Antje ungefähr zwei Stunden später untersuchte. Inzwischen war der bewusstlose Kramm mit einem Hubschrauber der Bundespolizei ausgeflogen worden.

Es war offensichtlich, dass er nicht im Vollbesitz seiner geistigen Kräfte war. Daher wurde er zur Untersuchung sofort in eine geschlossene Psychiatrie geschafft. Ob später ein sinnvolles Verhör mit ihm möglich war, stand auf einem ganz anderen Blatt.

Roland, der nicht von Antjes Seite wich, wandte sich an den Mediziner:

»Und wie nennt sich noch mal die Krankheit, unter der Kramm leiden könnte?«

»So, wie Sie mir seinen Zustand geschildert haben, würde ich eine multiple Persönlichkeitsstörung vermuten. Dieser Charakter, der sich böser Leutnant nennt, hat mit dem eigentlichen Ole Kramm gar nichts zu tun. Deshalb hatte Kramm keine Erinnerung daran, dass er zeitweise ein anderer war.«

»Er wusste aber, dass es diesen bösen Leutnant gab«, wandte Witte ein. »Er fühlte sich sogar von ihm bedroht.«

»Das ist nur auf den ersten Blick ein Widerspruch«, stellte der Doktor klar. »Ich bin kein Facharzt für Psychiatrie. Sie haben mich nur nach einer Einschätzung gefragt, nachdem Sie mir vom Verhalten dieses Mannes bei der Verhaftung erzählt hatten.«

»Über seine Schuldfähigkeit muss die Medizin entscheiden«, sagte Antje und massierte vorsichtig ihren Nacken. »Für mich ist wichtig, dass er nun keinen Schaden mehr anrichten kann.«

Der Arzt gab ihr eine Salbe für ihre blauen Flecken mit, dann konnte er seine uniformierte Patientin entlassen. Die Inselpolizisten traten Seite an Seite aus den Praxisräumen. Inzwischen dämmerte es, und der Sonnenuntergang über der nahen Nordsee war wieder einmal sensationell.

Witte kratzte sich im Nacken.

»Ob wir wohl jemals erfahren werden, was mit dieser Liste gemeint war? Ob der böse Leutnant noch mehr Menschenleben auf dem Gewissen hat? Und warum wusste oder ahnte Pascal Ruffner, dass er auf einer solchen Liste stand?«

»Womöglich hat der Täter seine Opfer zuvor bedroht, aber das ist reine Spekulation«, sagte die Kommissarin. »Ich kann mir jetzt sehr gut vorstellen, was in der Tatnacht passiert ist. Kramm befand sich in seinem Wahnzustand als böser Leutnant und ging zum Hafen hinunter, um in blinder Zerstörungswut ein Leck in den Boden der Yacht zu schlagen.«

Witte ergänzte: »Als Kramm hätte er das natürlich nie getan, denn er benötigte das Boot ja für Paal und um die Goldbarren auf dem Meeresboden zu verstecken. Dem bösen Leutnant war das egal, wahrscheinlich wusste er in diesem Bewusstseinszustand gar nichts davon. Ziemlich gruselig, oder? Jedenfalls wird Kramm von seinem Freund Pascal verfolgt, der ihn vielleicht an seinem Tun zu hindern versucht. Doch Kramm – besser gesagt: der böse Leutnant – schlägt ihn tot und verschwindet. Am nächsten Morgen kehrt Kramm – diesmal als er selbst – zum Hafen zurück. Er weiß natürlich nicht, was er während der Nacht getan hat. Seine Verzweiflung, als er vom Tod seines Freundes erfährt, war nicht gespielt. Kramm hätte Pascal Ruffner niemals ein Haar gekrümmt. Der böse Leutnant hingegen scheint ein brutaler Mörder zu sein. Ich bin froh, dass du halbwegs heil aus der Sache herausgekommen bist.«

»Ich auch, darauf kannst du wetten«, erwiderte Antje. Nach einer kurzen Pause fuhr sie fort: »Ich mache dir einen Vorschlag, Roland. Wir gehen jetzt in die Kneipe meines Vaters, lassen uns dort Seelachsfilet mit Kartoffelsalat schmecken und zischen ein paar Biere. Ich habe nur eine Bedingung …«

»Ja?«, hakte Witte nach.

»Es sollte nicht in eine Verlobungsfeier ausarten«, forderte Antje augenzwinkernd.

ENDE

Ostfrieslandkrimi-Empfehlungen des Klarant Verlages

Lernen Sie auch die anderen Bücher der Ostfrieslandkrimi-Serie »Witte und Fedder ermitteln« von Sina Jorritsma kennen:

Die Kommissarin Antje Fedder ist ein waschechtes Juister Inselkind. Sie kennt ihr Heimat-Eiland wie ihre Westentasche. Als zurückhaltende Norddeutsche hat sie manchmal Probleme mit der charmanten und unbeschwerten Art ihres Kollegen Roland Witte, der heimlich in sie verliebt ist. Oder vielleicht doch nicht? Diese Frage muss zunächst unbeantwortet bleiben, denn die beiden Polizisten lösen auf der kleinen Insel auch die kniffligsten Krimirätsel. Auch Antjes Vater Tjark Fedder steht ihnen mit Rat und Tat zur Seite, denn der Gastwirt schnappt viele Informationen auf. Nur die übereifrige Bürgermeisterin Silke Meester erschwert den Ermittlern oft die Arbeit.

In der Serie sind bereits folgende Ostfrieslandkrimis erschienen:

»Juister Herzen«, Band 1
Taschenbuch-ISBN: 978-3-95573-911-9
eBook-ISBN: 978-3-95573-912-6

Ein mysteriöser Todesfall versetzt die ostfriesische Insel Juist in Aufruhr. Im Bett einer Ferienwohnung liegt die Leiche einer jungen Frau. Doch weder sind äußere Verletzungen erkennbar, noch wohnte Diana Schröder in der Unterkunft, in der sie allem Anschein nach starb. Die Inselkommissare Antje Fedder und Roland Witte nehmen die Ermittlungen auf, und schnell finden sie heraus: Die Ferienwohnung wird von einer Selbsthilfegruppe gemietet, deren Mitglieder ihre große Liebe verloren haben. Juister Herzen nennt sich die Veranstaltung auf der idyllischen Nordseeinsel, die helfen soll, verletzte Seelen wieder zu heilen. Aber wie kam Diana überhaupt in dieses Bett? Und weshalb trug sie eine Pistole bei sich? Ins Visier der Ermittlungen gerät Clemens Vogt, der Leiter der Selbsthilfegruppe. Die Inselkommissare bezweifeln seine guten Absichten und stoßen schließlich doch auf eine überraschende Verbindung zwischen den Juister Herzen und der Toten ...

»Juister Düfte«, Band 2
Taschenbuch-ISBN: 978-3-95573-957-7
eBook-ISBN: 978-3-95573-958-4

»Juister Reiter«, Band 3
Taschenbuch-ISBN: 978-3-96586-027-8
eBook-ISBN: 978-3-96586-028-5

Klarant Verlag

Lernen Sie die Ostfrieslandkrimi-Titel des Klarant Verlages kennen und besuchen Sie uns im Internet unter:

www.ostfrieslandkrimi.de

und

www.klarant.de

Sie können dort Näheres über unsere Autoren erfahren, viele weitere interessante Bücher und eBooks finden und Leseproben herunterladen. Mit dem kostenlosen Newsletter auf

www.ostfrieslandkrimi-lesen.de

erhalten Sie aktuelle Informationen rund um das Verlagsprogramm, wie beispielsweise spannende Neuerscheinungen und Gewinnspiele.